Deseo

WITHDRAWN

Un amor difícil
JENNIFER LEWIS

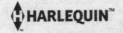
HARLEQUIN™

Editado por HARLEQUIN IBÉRICA, S.A.
Núñez de Balboa, 56
28001 Madrid

I.S.B.N.: 978-84-687-2450-8
Depósito legal: M-41913-2012
Editor responsable: Luis Pugni
Fotomecánica: M.T. Color & Diseño, S.L. Las Rozas (Madrid)
Impresión en Black print CPI (Barcelona)
Fecha impresion para Argentina: 23.9.13
Distribuidor exclusivo para España: LOGISTA
Distribuidor para México: CODIPLYRSA
Distribuidores para Argentina: interior, BERTRAN, S.A.C. Vélez
Sársfield, 1950. Cap. Fed./ Buenos Aires y Gran Buenos Aires,
VACCARO SÁNCHEZ y Cía, S.A.

Capítulo Uno

—Al menos hay algo bueno en todo esto —vociferó R. J. Kincaid, estampando el móvil sobre la mesa de juntas.

Brooke Nichols se quedó mirando a su jefe con incredulidad. No alcanzaba a imaginar cómo aquella situación pudiera tener un lado positivo.

—¿El qué? —inquirió.

Los ojos de R. J. relampaguearon cuando contestó:

—Que ahora sabemos que las cosas no pueden ir peor —se inclinó hacia delante en su asiento. Los empleados presentes en la reunión permanecían inmóviles como estatuas—. He intentado razonar con el fiscal, con la policía, con el senador del estado... y no ha servido de nada —se levantó y se puso a caminar alrededor de la larga mesa—. Mi familia está sufriendo un auténtico asedio y nos disparan por todos los flancos —alto, de facciones marcadas, pelo negro y ojos grises, R. J. imponía tanto como un general arengando a sus tropas antes de entrar en combate—. Y mi madre, Elizabeth Winthrop Kincaid, una mujer sin tacha, va a pasar la noche entre rejas como una vulgar ladrona.

Soltó una ristra de improperios que hizo a Brooke encogerse en su asiento. Llevaba cinco años trabajando para R. J. Kincaid y nunca lo había visto así. Era un hombre muy tranquilo, que no se alteraba jamás, que siempre tenía tiempo para todo el mundo, y que veía la vida de un modo despreocupado.

Claro que eso había sido antes del asesinato de su padre y de descubrir que este había llevado una doble vida.

R. J. se acercó a su hermano Matthew.

—Matt, tú te ocupas de buscar nuevos clientes para la compañía; ¿has conseguido alguno en las últimas semanas?

Matthew inspiró. Los dos sabían la respuesta a esa pregunta. Hasta algunos de sus clientes más fieles los habían abandonado cuando se había desatado el escándalo.

—Bueno, tenemos a Larrimore.

—Cierto. Supongo que podemos aferrarnos a esa esperanza. Greg, ¿cómo van las cuentas? —R. J. fue hasta el director financiero y por un momento Brooke creyó que iba a agarrarlo por el cuello de la camisa.

Greg se encogió en su asiento.

—Bueno, como sabes nos enfrentamos a ciertos retos que…

—¡Retos! —lo cortó R. J. arrojando los brazos al aire en un gesto dramático—. Un reto es una oportunidad para crecer, es aprovechar las oportunidades cuando se presentan, abrazar el cambio… —se alejó unos pasos y se volvió hacia la mesa. Todos estaban rígidos en sus asientos, probablemente rogando por que no se dirigiera a ellos–. Pero lo que yo veo es una compañía que se va a pique –se pasó una mano por el oscuro cabello. La ira le endureció sus apuestas facciones–. Y todos vosotros estáis aquí tomando notas como si estuvieseis en una clase en el instituto. ¡Lo que hace falta es que os esforcéis, maldita sea! ¡No estáis haciendo lo suficiente!

Nadie se movió un milímetro. Brooke, incapaz de contenerse, se levantó. Tenía que sacarlo de allí cuanto antes; estaba perdiendo los estribos.

–Em… R. J…

–¿Qué? –inquirió él bruscamente, girándose hacia ella.

–Es que necesito hablar contigo un momento; fuera, si no te importa.

Brooke tomó su portátil y se dirigió a la puerta con el corazón martilleándole en el pecho. Con ese humor de perros su jefe sería capaz de despedirla en el acto, pero no podía dejar que insultara y acosara al resto de empleados, que ya estaban soportando bastante presión sin haber hecho nada para merecerlo.

–Estoy seguro de que puede esperar –R. J. frunció el ceño y señaló la mesa de reuniones con un ademán.

Brooke se detuvo.

–Solo será un momento; por favor –le dijo, y echó a andar de nuevo hacia la puerta con la esperanza de que la siguiera.

–En fin, parece que lo que mi secretaria quiere consultar conmigo es más urgente que el inminente colapso del Grupo Kincaid y el que mi madre esté en prisión –dijo R. J. a sus espaldas–. Y como ya ha acabado la jornada estoy seguro de que todos tenéis cosas mejores que hacer que seguir aquí, así que hemos terminado la reunión.

R. J. llegó a la puerta antes que ella y se la sostuvo para que saliera. A Brooke le invadió una ola de calor cuando pasó junto a él y su brazo casi rozó el de R. J., que cerró tras de sí al salir detrás de ella. En medio del silencio que reinaba en el pasillo Brooke casi perdió el valor.

–¿Podemos hablar en tu despacho?

–Mira, Brooke, no estoy ahora para que nos andemos con remilgos, y más vale que no sea una tontería, porque mi madre está en la prisión del condado, por si aún no lo sabías.

Brooke le quitó hierro a su actitud grosera, achacándolo al estrés al que estaba sometido desde el asesinato de su padre.

–Es importante, te lo aseguro –su tono firme la sorprendió a ella misma.

Cuando llegaron al despacho de R. J. fue ella quien abrió la puerta y entró primero. El sol del atardecer arrojaba un cálido brillo ambarino sobre las aguas del puerto de Charleston, que se divisaba a través del ventanal.

R. J. entró detrás de ella y se cruzó de brazos.

–¿Y bien?

–Siéntate –Brooke cerró la puerta y echó el pestillo.

A Brooke le flaqueó la firme determinación cuando R. J. la miró furibundo.

–¿Cómo?

–En el sofá –añadió. Casi se sonrojó por cómo había sonado eso. Aquella era la fantasía de cualquier secretaría perdidamente enamorada como ella, pero la situación era seria–. Voy a servirte un whisky y te lo vas a tomar.

R. J. no se movió.

–¿Es que te has vuelto loca?

–No, pero tengo la impresión de que estás a punto de perder los nervios y creo que necesitas distanciarte un poco y respirar profundamente antes de que hagas o digas algo de lo que luego acabes arrepintiéndote. No puedes hablar a tus empleados de ese modo, sean cuales sean las circunstancias. Y ahora, siéntate –dijo Brooke señalando el sofá.

Atónito, R. J. se sentó. Brooke le sirvió tres dedos de whisky en un vaso y se lo tendió.

–Toma, esto te calmará los nervios.

–Mis nervios están perfectamente –R. J. tomó un sorbo–. Es todo lo demás lo que está perdido. ¡No puedo creer que la policía piense que mi madre mató a mi padre!

–Los dos sabemos que eso es imposible y que se darán cuenta de que es un error.

–¿Eso crees? –R. J. enarcó una ceja y se quedó mirándola–. ¿Y si no es así? ¿Y si esta es solo la primera de muchas largas noches en prisión? –se estremeció y tomó un largo trago de whisky–. Me está matando no poder hacer nada.

–Lo sé. Y además imagino que aún duele demasiado la muerte de tu padre.

–No solo su muerte –R. J. bajó la vista al suelo–. Ha sido también el descubrir que nos mintió y nos ocultó cosas durante toda su vida.

R. J. y ella nunca habían hablado de las escandalosas revelaciones que los medios habían aireado tras el asesinato de su padre, el treinta de diciembre. Ya estaban en marzo, pero el caso aún no se había resuelto.

–Otra familia… –masculló R. J. entre dientes–. Otro hijo, nacido antes que yo… –sacudió la cabeza–. Toda mi vida me había sentido orgulloso de ser Reginald Junior, orgulloso de ser su hijo, su heredero. Mi máxima aspiración era seguir sus pasos. Poco imaginaba que sus pasos se habían desviado hacia la casa de otra mujer, con la que yacía, y con la que formó otra familia.

En ese momento R. J. la miró, y Brooke sintió una punzada en el pecho al ver el dolor que se reflejaba en su mirada. No podía soportar verlo sufrir así. ¡Si al menos pudiera hacer algo para aliviar su ira y su pena…!

–Lo siento muchísimo –fue lo que le salió. ¿Qué otra cosa podría decir?–. Estoy segura de que te quería. Se le notaba en cómo te miraba –tragó saliva–. Seguro que habría querido que las cosas hubiesen sido distintas, o al menos poder habértelo dicho antes de morir.

–Tuvo tiempo más que de sobra. ¡Tengo treinta y seis años, por amor de Dios! ¿A qué estaba esperando?, ¿a que cumpliera los cincuenta? –R. J. se levantó con la copa en la mano y se puso a andar arriba y abajo mientras seguía hablando–. Eso es lo que más me duele, que no fuera capaz de hablar con confianza conmigo. Después de todo el tiempo que pasamos juntos de pesca, de caza, paseando por el bosque… Hablábamos de todo, pero nunca fue capaz de sincerarse conmigo y decirme que estaba viviendo envuelto en mentiras –se aflojó la corbata y se desabrochó el primer botón de la camisa.

–Pues a mí me parece que estás haciendo una gran labor manteniendo unida a tu familia y la compañía a flote.

R. J. soltó una carcajada áspera.

–¡A flote! Sería irónico que una compañía mercante no pudiese mantenerse a flote y acabase hundiéndose, ¿no? Aunque con todos los clientes que estamos perdiendo acabaremos hundiéndonos si no conseguimos darle la vuelta a la situación antes de que acabe el año. Por cada cliente nuevo que Matthew nos consigue perdemos a dos antiguos. Y lo peor es que ni siquiera tengo libertad para cambiar el rumbo porque mi padre, en su infinita sabiduría, tuvo la genial idea de darle a su hijo ilegítimo un cuarenta y cinco por ciento de las acciones de la compañía, y a mis hermanos y a mí solo nos dejó un mísero nueve por ciento a cada uno.

Brooke contrajo el rostro. Aquello parecía en efecto lo más cruel de todo. R. J. había dedicado su vida entera al servicio del Grupo Kincaid. Se había convertido en el vicedirector ejecutivo de la compañía apenas había terminado sus estudios en la universidad, y todos, incluido él, habían dado por hecho que un día sería director general y presidente. Y entonces, de repente, cuando se había celebrado la lectura del testamento de su padre, habían descubierto que prácticamente le había dejado la compañía a un hijo del que nadie había sabido nada hasta entonces.

–Supongo que lo haría porque se sentía culpable por haber mantenido en secreto la existencia de Jack todos estos años –apuntó.

–Razones no le faltaban para sentirse culpable –masculló R. J., deteniéndose para tomar otro trago de whisky–. El problema es que parece que no se paró a pensar en el daño que nos haría al resto con esa decisión. Ni los cinco hermanos con nuestras acciones juntas podemos conseguir un voto mayoritario. El diez por ciento restante de las acciones se lo legó a una persona misteriosa a la que no logramos encontrar. Si Jack Sinclair consigue comprarle las acciones o que vote a su favor en las juntas, será él quien tome las decisiones sobre el rumbo de la compañía, y los demás tendremos que tragar con ello o largarnos.

–¿Dejarías la compañía? –Brooke no podía creer lo que estaba oyendo, y no pudo evitar preocuparse en ese momento más por la posibilidad de perder su empleo que por R. J.

–¿Y por qué iba a querer quedarme si me convierto en una rueda más del engranaje? Mi padre no me preparó para eso, ni es lo que yo quiero –puso airado el vaso vacío sobre su escritorio–. Quizá me vaya de Charleston y no vuelva nunca.

–Cálmate, R. J. –Brooke fue a servirle otro vaso de whisky–. Aún no ha pasado nada. Queda tiempo hasta la junta de accionistas, y hasta entonces todo el mundo cuenta contigo para atravesar estas aguas turbulentas.

–Me encanta tu jerga náutica –le dijo R. J. con una sonrisa socarrona mientras tomaba el vaso de su mano–. Por algo te contraté.

–Por eso y por lo rápido que tecleo.

–Por lo rápido que tecleas… ¡anda ya! Si te lo propusieras podrías dirigir esta compañía. No solo eres organizada y eficiente; también tienes mano con las personas. Hoy, sin ir más lejos, has conseguido detenerme antes de que perdiera los estribos por completo, y te lo agradezco –añadió antes de tomar otro sorbo del vaso.

Parecía que el whisky estaba haciéndole efecto: ya no estaba furioso, y también parecía haberse atemperado su desesperación, pensó Brooke.

Probablemente no era un buen momento para mencionarle que se había presentado como candidata a un puesto de gerente en la compañía y había sido rechazada. Claro que no sabía si él había estado detrás de aquello o si estaba al tanto siquiera.

–Todos estamos muy tensos y ahora más que nunca tenemos que mantenernos unidos y trabajar juntos para salir del bache –respondió pasándose una mano por el cabello–. Pensé que lo último que querrías sería que uno de tus principales empleados dimitiera, porque eso no haría sino empeorar las cosas.

–Tienes razón, como siempre, mi preciosa Brooke.

Ella lo miró con unos ojos como platos. Era obvio que el whisky se le estaba subiendo a la cabeza, pero no pudo evitar que una ráfaga de calor le aflorara en el vientre al oír esas palabras.

–Lo más importante en este momento es que encuentren al asesino de tu padre –dijo intentando distraerse de la ardiente mirada de R. J.–. Así tu madre dejará de estar bajo sospecha.

–He contratado a un detective privado –comentó R. J. bajando la vista al vaso–. Le he dicho que le pagaré las veinticuatro horas del día y que no ceje hasta dar con la verdad –alzó de nuevo la vista hacia ella–. Y, lógicamente, le he pedido que empiece por investigar a los hermanos Sinclair.

Brooke asintió. Jack Sinclair parecía la clase de hombre ansioso por tomarse la revancha por haber sido el hijo bastardo y no reconocido todos esos años. Claro que tal vez su opinión de él estuviese influenciada por la injusticia que Reginald Kincaid había cometido con su hijo R. J. en el testamento. No conocía a Jack ni tampoco a Alan, su hermanastro.

–Debe enfadarles que tu padre los mantuviera en secreto todos estos años.

–Sí, sin duda estarán resentidos –R. J. volvió a sentarse en el sofá–. Estoy empezando a sentirlo en mis propias carnes. Y sospecho que mi madre también, aunque a veces me pregunto si no lo sabría ya –añadió sacudiendo la cabeza–. No pareció chocarle tanto como al resto de nosotros el descubrir que mi padre había tenido otra familia.

Brooke tragó saliva. Si había tenido conocimiento de la infidelidad de su marido, desde luego Elizabeth Kincaid habría tenido motivos para el asesinato. Y la había visto allí, en el edificio de oficinas del Grupo Kincaid, la noche del asesinato. Apartó aquel pensamiento de su mente. Era imposible que una mujer tan encantadora como aquella pudiera disparar a otro ser humano, aunque fuera un marido que la engañaba.

—Deja que te sirva otro poco —dijo inclinándose para rellenarle el vaso.

El líquido se agitó con violencia en el interior de la botella cuando de pronto el fuerte brazo de él la asió por la cintura y la hizo sentarse a su lado en el sofá. Brooke dejó escapar un gritito.

—Gracias, Brooke. Supongo que necesitaba desahogarme y hablar de todo esto con alguien.

El brazo de R. J. le rodeó de pronto los hombros. Brooke apenas podía respirar, y cada vez que inspiraba el olor de su colonia la hacía sentirse mareada y los latidos de su corazón se aceleraban.

R. J. le arrebató la botella y la puso en el suelo junto con su vaso. Luego le posó la mano en el muslo, y Brooke notó su calidez a través incluso del tejido de la falda. El corazón parecía que fuera a salírsele del pecho cuando R. J. se giró hacia ella y se quedó mirándola fijamente.

—Nunca me había dado cuenta de lo verdes que son tus ojos.

Brooke se contuvo para no ponerlos en blanco. ¿Con cuántas mujeres habría utilizado esa frase?

—Hay quien piensa que son pardos.

—Pues se equivocan —respondió él muy serio—. Claro que últimamente estoy empezando a darme cuenta de que la gente se equivoca con frecuencia —bajó la vista a los labios de Brooke, que se entreabrieron de forma inconsciente antes de que volviera a cerrarlos—. Y yo mismo estoy empezando a cuestionarme muchas de mis convicciones.

—A veces eso es bueno —contestó ella en un tono quedo.

Estar sentada tan cerca de R. J. era un peligro, pensó, sintiendo cómo un cosquilleo le recorría el cuerpo.

—Supongo —R. J. frunció el ceño—, pero eso no hace que la vida sea más fácil.

—A veces los desafíos nos hacen más fuertes —murmuró ella.

Resultaba difícil articular pensamientos coherentes con un brazo de R. J. rodeándole los hombros y la mano del otro en la rodilla. Una parte de ella quería huir, pero la otra se moría por echarle los brazos al cuello y…

De pronto los labios de R. J. tomaron los suyos con un beso ardiente con olor a whisky que hizo que todo pensamiento abandonara su mente al instante. Brooke se derritió contra él y dejó que sus manos subieran y bajaran por la camisa de R. J., deleitándose en la firmeza de los músculos que se ocultaban debajo de ella.

Las manos de él a su vez estaban acariciando la espalda de ella, provocando un cosquilleo delicioso en su piel. Los pezones se le endurecieron y una intensa ola de calor afloró en su vientre.

Sintiendo el ansia de R. J., respondió al beso con idéntica intensidad. Quería aliviar su dolor, hacer que se sintiera mejor. Los segundos pasaban, y el beso se volvió tan ardiente que Brooke estaba empezando a pensar que iban a fundirse en uno cuando R. J. despegó suavemente sus labios de los de ella y se echó hacia atrás.

–Eres una mujer increíble –le dijo con un suspiro.

El corazón de Brooke palpitó con fuerza y se preguntó si aquel podría ser el comienzo de una nueva fase en su relación. O tal vez estaba dejando volar demasiado su imaginación, y en adelante recordaría aquel momento como el momento en el que había destruido la carrera que con tanto esfuerzo se había labrado en el Grupo Kincaid por emborrachar a su jefe y poner en peligro su relación profesional. Una sensación de pánico se apoderó de ella.

Cuando R. J. le acarició la mejilla, tuvo que luchar contra un repentino impulso de frotar su cara contra la mano de él, como un gato mimoso. Pero la cosa no terminó ahí; la mano de R. J. descendió por su cuello, rozó la curva de un seno y bajó lentamente hasta el muslo.

Volvió a atrapar sus labios de nuevo.

Su ropa olía a tabaco, y junto con el olor a

whisky y el olor de su colonia la mezcla resultaba embriagadora.

Si hubiera podido habría permanecido así durante horas, con los brazos en torno a su cuello mientras se rendía al asalto de sus labios, pero al cabo R. J. volvió a apartarse, dejándola insatisfecha, y frunció el ceño y se pasó una mano por el cabello, como preguntándose qué estaba haciendo.

De nuevo las dudas invadieron a Brooke, como un dedo helado deslizándose por su espalda. Quizá el olor a humo no era de tabaco, sino de su carrera y su reputación chamuscándose por un momento de debilidad.

El instinto la empujó a ponerse de pie, lo cual no resultó sencillo, con lo que le temblaban las rodillas.

–Quizá deberíamos irnos ya. Son más de las siete –dijo.

R. J. echó la cabeza hacia atrás, apoyándola en el respaldo del sofá, y cerró los ojos.

–Estoy hecho polvo; dudo que pueda dar un solo paso.

–Te pediré un taxi –propuso Brooke, que no quería que condujera con lo que había bebido.

R. J. no vivía lejos, pero no le parecía que fuese una buena idea acompañarlo andando ni llevarlo en su coche. Porque, si la invitara a pasar, no estaba segura de que fuese a ser capaz de decir no, y sabía que si eso pasaba se arrepentiría después de haber quedado como una mujer fácil.

–No te preocupes por mí, Brooke. Dormiré aquí,

en el sofá. Lo he hecho un montón de veces. Y si me despierto en mitad de la noche y no puedo volver a dormirme siempre puedo ponerme con todo el trabajo que tengo pendiente.

—Pero ese sofá es incomodísimo; mañana te dolerá todo.

—Estaré bien, no te preocupes —reiteró él, que ya estaba tumbándose—. Vete a casa y descansa; nos veremos mañana por la mañana.

Brooke se mordió el labio. En cierto modo le dolía que la despachase de aquella manera después de los ardientes besos que habían compartido. ¿Pero qué se esperaba?, ¿que le pidiese matrimonio? Probablemente con tanto whisky hasta se había olvidado de que la había besado.

—¿Y no vas a cenar nada?

—No tengo hambre —murmuró él.

—En la nevera de la cocina hay una bandeja con sándwiches que sobraron de una reunión esta mañana. Si quieres puedo traértelos.

—Deja de tratarme como si fueras mi madre y vete a casa —le contestó él en un tono casi abrupto, entrelazando las manos debajo de la nuca y cerrando los ojos.

Brooke tragó saliva y se iba a girar hacia la puerta cuando lo oyó decir en un tono quedo:

—No puedo creer que mi madre esté en la cárcel. No me había sentido tan impotente en toda mi vida.

Brooke volvió junto a él.

—Es una mujer fuerte y saldrá de esto. Tú estás haciendo todo lo que puedes, y no la ayudará en nada si acabas cayendo enfermo por el estrés y la preocupación. Duerme un poco; mañana la compañía te necesita a pleno rendimiento.

R. J., que había abierto los ojos y estaba mirándola, exhaló un pesado suspiro.

–Tienes razón, Brooke, como siempre. Gracias por todo.

Apenas había dicho eso cuando volvió a cerrar los ojos. Brooke sintió una punzada de ternura en el pecho al mirarlo. Tan orgulloso y tan fuerte, y a la vez tan impotente y desesperado por no poder evitar a su madre el mal trago por el que estaba pasando...

Salió de su despacho, cerrando la puerta tras de sí, y tomó de su mesa su abrigo y su bolso.

–¡Hasta luego, Brooke!

Al oír su nombre dio un respingo. Se había olvidado por completo de que podía quedar algún otro empleado en su planta. Normalmente a esa hora ya se había ido todo el mundo, pero allí estaba Lucinda, otra secretaria, poniéndose el abrigo un par de puestos más allá.

Brooke se preguntó si tenía las mejillas rojas o los labios hinchados. Sin duda algo en ella delataría que había estado besándose con su jefe.

–¡Adiós, Lucinda! –respondió.

Se apresuró hacia el ascensor con la esperanza de no encontrarse con nadie más, pero cuando las puertas se abrieron se encontró dentro a Joe, del departamento de márketing.

–¡Vaya día!, ¿eh? –comentó este con un suspiro

cuando entró–. Dentro de poco esto va a acabar reventando por alguna parte.

–No es verdad –replicó ella indignada–. Estamos pasando por un momento difícil, pero se olvidará lo que ha pasado y la compañía volverá a estar donde siempre ha estado: entre las mejores.

Joe enarcó una ceja.

–¿Eso crees? Si es verdad que la vieja señora Kincaid lo hizo dudo que se recupere la reputación de la familia de este golpe.

–Ella no lo mató –replicó ella con firmeza.–. Y no vayas por ahí difundiendo el rumor de que fue ella quien lo hizo. No harás sino empeorar las cosas.

–¿Y si lo hago qué?, ¿vas a chivarte a tu jefe? –le espetó Joe con retintín.

–No. Bastantes problemas tiene ya. Lo que necesita en estos momentos es nuestro apoyo.

–Pareces su esposa: tan atenta a sus necesidades, dándole siempre tu apoyo incondicional… –observó él con una sonrisa burlona–. ¡Quién fuera él!

Brooke se puso rígida. ¿Acaso intuía que había pasado algo entre ellos? Las puertas se abrieron en ese momento y respiró aliviada.

–No soy su esposa –le respondió antes de salir del ascensor.

Aunque tal vez algún día lo fuera, pensó mientras se dirigía a la salida. Su mente ya estaba urdiendo fantasías peligrosas, sueños que podían explotarle en la cara y destruir su carrera y reputación.

¡Pero qué difícil era no dejar volar la imaginación!

Capítulo Dos

Brooke no pegó ojo esa noche. Por la mañana tenía el pelo hecho un desastre y tuvo que usar el rizador para darle un poco de vida a su melena castaña, que le caía sobre los hombros. Se maquilló con esmero, queriendo estar tan bonita como R. J. la había hecho sentirse la noche anterior.

¿Había cambiado en algo su aspecto ahora que la había besado? La verdad era que no.

R. J. podría echarle al whisky la culpa de su comportamiento, pero ella se había dejado llevar por la fascinación que sentía por él desde hacía años. Había caído rendida en sus brazos sin protestar y lo había besado con auténtica pasión.

Se había puesto su traje negro de chaqueta y pantalón más elegante. Lo había comprado en las rebajas de una boutique de moda. Dio un paso atrás para mirarse en el espejo de pie, preguntándose si tenía el aspecto de una mujer con la que saldría alguien como R. J. Kincaid.

Sabía lo que su madre le diría: «Tienes buena figura; deberías ponerte ropa que la enseñase un poco más». Pero aquel no era su estilo. Además, lo último que quería era un hombre al que le importasen más sus pechos que su cerebro.

Se puso su gabardina de Burberry's, clásica, pero elegante. Prefería un estilo conservador y recatado, un estilo que dejara claro que era profesional. Quería que la gente la tomara en serio.

Nunca había flirteado con su jefe, y una vez más sintió miedo de que pudiera haber puesto en peligro su empleo. ¿Y si R. J. estaba tan avergonzado por lo ocurrido la noche anterior que decidía prescindir de ella?

El corazón le golpeaba violentamente las costillas cuando entró en el edificio de oficinas del Grupo Kincaid una media hora más tarde. ¿Cómo se suponía que debía saludar a su jefe después de lo de la noche pasada? ¿Estaría furioso por que lo hubiese emborrachado y los hubiese puesto a los dos con ello en una situación comprometedora? O quizá ni siquiera recordase que la había besado.

La puerta de su despacho estaba cerrada. Colgó en el perchero su gabardina con manos temblorosas y se secó las palmas húmedas en la falda antes de acercarse. Levantó la mano para llamar, vaciló, y justo cuando iba a darse media vuelta se abrió la puerta.

El saludo educado que había estado ensayando mentalmente huyó de sus labios al ver a R. J. frente a sí. Había esperado encontrárselo con aspecto desaliñado y cansado, pero en vez de eso estaba bien arreglado y llevaba un traje perfectamente planchado. Los ojos de R. J. brillaron divertidos.

–Buenos días, Brooke.

–Buenos días –contestó ella de sopetón, hecha un manojo de nervios.

¿Por qué de repente le parecía aún más guapo que de costumbre? Tal vez fuera porque ahora sabía cómo eran sus besos. Hizo un esfuerzo por no pensar en eso y centrarse.

—¿Has descansado?

—Dadas las circunstancias he dormido muy bien —respondió él apoyándose en el marco de la puerta sin apartar sus ojos de los de ella—. Me costó conciliar el sueño después de ese beso.

Sus ojos azules ardían, y su voz había adquirido un tono sugerente al pronunciar esas palabras. Brooke se mordió el labio para reprimir una sonrisa.

—A mí también —dijo. Se sentía aliviada de que R. J. no estuviera intentando hacer como que lo de la noche anterior no había pasado—. Me alegra verte mejor esta mañana.

—He seguido tu consejo: no tiene sentido dejarme vencer por la presión cuando necesito todas mis energías para ganar la batalla.

—Así se habla —contestó ella con una sonrisa. Ese era el R. J. al que admiraba—. Bueno, ¿y qué hay en el orden del día para esta mañana?

R. J. ladeó la cabeza ligeramente y le dijo en un tono más bajo:

—Lo primero que tengo yo marcado en mi agenda es conseguir una cita para esta noche.

A Brooke casi se le paró el corazón.

—¿Estás libre esta noche?

—Sí. Sí, estoy libre —balbució aturullada.

—Pues entonces haré una reserva y pasaré por tu casa para recogerte a las siete y media.

–Bien –contestó Brooke, aunque ya estaba preocupándose por qué se iba a poner.

Los trajes de chaqueta y pantalón y de chaqueta y falda que llevaba cuando iba a la oficina serían demasiado serios para una cena, y no tenía demasiada ropa que..

–Me voy a la reunión con la gente del departamento comercial; te he dejado en tu mesa unas carpetas de documentos para que los revises y los archives.

–Bien –volvió a decir ella. Parecía que de pronto no hubiera otra palabra en su vocabulario–. Hasta luego –añadió, pero R. J. ya se alejaba hacia el ascensor.

Una cita con R. J… Esa noche… ¡Y ella ni siquiera tenía que llamar al restaurante para hacer la reserva!

Como R. J. no le había dicho a qué restaurante iba a llevarla optó por vestirse de un modo elegante pero informal: un vestido con un estampado de pequeñas flores que nunca se había puesto para ir a trabajar, y un chal de cachemira.

No estaba mal, pensó mirándose en el espejo, pero dio un respingo cuando sonó el timbre de la puerta. No le había dado su dirección a R. J., pero como tampoco se la había pedido, había dado por hecho que la habría mirado en su ficha de personal.

Inspiró profundamente, tratando de mantener

la calma mientras cruzaba el salón en dirección al vestíbulo.

–Hola –lo saludó al abrir la puerta, y notó cómo se le formaba una sonrisa tonta de oreja a oreja–. ¿Quieres pasar?

Esperaba que sí; se había pasado casi una hora limpiando hasta el último rincón.

–Claro –contestó él con una sonrisa muy sexy antes de entrar.

–¿Te apetece un martini? –Brooke sabía que le encantaban.

–Bueno, ¿por qué no?

Pasaron al salón y Brooke preparó un par de martinis para los dos y los sirvió mientras él comentaba lo y acogedor que era el apartamento.

–Ahora mismo estoy de alquiler, pero espero que el propietario acceda a vendérmelo cuando acabe el contrato de arrendamiento –contestó ella.

Llevaba cinco años viviendo en aquel pequeño apartamento de dos habitaciones y se sentía orgullosa del toque personal que le había dado.

Se acercó y le tendió su copa con una sonrisa. R. J. tomó un sorbo.

–Estás preciosa.

Su mirada se detuvo largo rato en su rostro antes de descender hacia el cuello, y Brooke se sintió algo cohibida por lo que sin duda dejaba entrever el escote del vestido, aunque no fuera muy pronunciado.

–Gracias –murmuró rogando por que su sonrojo no fuera visible–. Tú tampoco estás mal.

Se había tomado la molestia de ir a casa a cambiarse después del trabajo, y eso la halagó, porque muchas veces, cuando tenía una cena, se iba directamente desde la oficina.

–Sé arreglarme bien –respondió él dirigiéndole una mirada abrasadora–. Creo que ha sido una buena idea invitarte a salir esta noche. Últimamente siento que cada vez que salgo de un problema surge otro, ya sea con mi familia o en el trabajo.

–Pues hoy no vamos a hablar de problemas. ¿Te apetece algo para picar? –Brooke le ofreció un plato con bocaditos de hojaldre salados que había comprado de regreso a casa.

–Claro, ¿por qué no?

La mirada de R. J. volvió a detenerse en su rostro unos instantes más de lo necesario, y un cosquilleo le recorrió todo el cuerpo cuando le vio dar un mordisco al bocadito que había tomado del plato. ¡Lo que daría ella por que la mordisqueasa también en el cuello… y en algún que otro sitio! Giró la cabeza hacia la ventana para no pensar en eso y al ver el reluciente Porsche negro de R. J. aparcado fuera se imaginó a los vecinos espiando por entre las cortinas y cuchicheando.

–¿Dónde vamos a cenar?

–A un restaurante nuevo que han abierto en King Street donde sirven platos tradicionales con un toque de *nouvelle cuisine*. Un amigo que ha ido me dijo que hacía años que no comía tan bien.

–Suena muy tentador, pero… ¿Y si nos ven juntos?

Brooke había dado por hecho que escogería un lugar discreto y poco concurrido.

—La gente nos ve juntos todos los días. Que piensen lo que quieran.

¿Estaba dándole a entender que aquella velada no significaba nada y que no tenía que preocuparse por que pudieran verlos juntos?, se preguntó Brooke. Sin embargo, el fuego en su mirada parecía sugerir algo muy distinto.

—Preferiría ir a un sitio más privado —insistió. Sintió una punzada de nervios al pronunciar esas palabras. Al fin y al cabo era con su jefe con quien estaba hablando, y no estaba acostumbrado a que discrepara de sus decisiones—. Detestaría que la gente empezara a hablar.

—Que hablen. Todo Charleston está hablando de mi familia y no nos hemos muerto por ello.

El rostro de R. J. se ensombreció cuando dijo eso. Probablemente había acudido a su mente el asesinato de su padre. ¿Por qué estaba poniéndose puntillosa con un restaurante con la presión a la que sabía que R. J. estaba sometido con todo lo que estaba ocurriendo?

—De acuerdo, dejaré de preocuparme. Supongo que si nos encontramos con alguien podríamos decir que hemos ido a probar la comida porque estás pensando en hacer allí una fiesta para algún cliente.

—Siempre piensas en todo —dijo él con una sonrisa antes de tomar otro sorbo de su copa—. Este martini está delicioso, pero creo que deberíamos irnos yendo. He hecho la reserva para las ocho y ahora mismo es el restaurante de moda en la ciudad.

Brooke tenía la esperanza de conseguir un ascenso, y si la gente la veía cenando con el jefe podrían pensar que estaba intentando ganarse ese ascenso acostándose con él. Tragó saliva. Ya era tarde para echarse atrás.

–Lista –le dijo.

Para bien o para mal iba a cenar con su jefe, pensó cuando se subieron al Porsche negro. Los asientos de cuero eran tan cómodos y deliciosamente pecaminosos como había imaginado, y una ola de excitación la invadió cuando R. J. puso en marcha el motor.

No sería capaz de resistirse a contarle aquello a su madre. Seguro que la impresionaría. Frunció el ceño ligeramente. ¿Acaso estaba empezando a pensar como su madre? A ella no le gustaba R. J. porque tuviera un Porsche y un montón de dinero en su cuenta bancaria; le gustaba porque era un hombre bueno e inteligente. Bueno, y también por esos abdominales marcados y su trasero.

–¿Y esa sonrisilla? –le preguntó él, sacándola de sus pensamientos.

Brooke no se había dado cuenta de que estaba sonriendo.

–Debe ser por el martini –mintió.

Poco después llegaban a su destino, y apenas le dio tiempo a Brooke a desabrocharse el cinturón de seguridad cuando R. J., que ya se había bajado del coche, estaba abriéndole la puerta. La tomó de la mano para ayudarla a salir, haciéndola sentirse como si fuera de la realeza. Había ido otras veces a restaurantes con él, por comidas de negocios, por supuesto, pero de pronto todo era distinto.

Cuando entraron el maître los condujo a su mesa, en una terracita que se asomaba a un pequeño pero encantador jardín en la parte trasera del edificio, con una tapia de ladrillo cubierta por una planta trepadora en flor y una fuentecilla con forma de cabeza de león.

R. J. le retiró la silla para que se sentara, haciéndola sentirse de nuevo como una princesa.

—Tráiganos una botella de Moët, por favor —le dijo al camarero.

Brooke parpadeó al oír el nombre de aquel champán tan caro.

—¿Qué celebramos?

—Que la vida sigue —contestó R. J., sentándose también—. Y que vamos a disfrutarla pase lo que pase, ¡qué demonios!

—Esa es un filosofía admirable —dijo ella.

Igual que todo el mundo en Charleston, R. J. debía estar preguntándose qué más podría pasarle a su familia. Su padre estaba muerto y su madre estaba bajo arresto en la cárcel del condado como sospechosa del asesinato. Le habían negado la fianza porque consideraban que con su dinero y sus contactos había riesgo de fuga. Y había algo que R. J. no sabía: que ella le había dicho a la policía, cuando la habían interrogado, que había visto a su madre en el edificio la noche del asesinato.

Después de que la arrestaran no estaba segura de que se lo fuera a tomar bien. Estaba convencida de que Elizabeth Kincaid era inocente, pero se sentía culpable de no haberle dicho a R. J. lo que le había dicho a la policía.

–Mi padre habría querido que mantuviese la cabeza bien alta y que siguiese peleando.

El camarero llegó en ese momento con el champán, y lo observaron en silencio mientras lo servía en dos copas altas.

–Y eso es lo que pienso hacer –le dijo R. J. a Brooke cuando el camarero se hubo retirado–. Me he pasado toda la tarde intentando convencer al fiscal para que accediera a que fijasen una fianza para mi madre, pero no ha habido manera. Y luego negociando con Apex International por teléfono.

–¿El importador de juguetes?

–Sí. He logrado convencerles de que sigan con nosotros. Les dije que el Grupo Kincaid es la compañía mercante más eficiente, con mejor gestión y mejor precio por servicio de toda la costa este y que pretendemos seguir siéndolo –levantó su copa y la chocó suavemente contra la de ella–. Gracias por alejar los nubarrones negros –le dijo.

La expresión cansada pero sincera y valiente en su mirada la conmovió.

–Si en algo puedo ayudar, aunque no sea gran cosa, no tienes más que…

–Ya me estás ayudando –la interrumpió R. J., y la llama del deseo en sus ojos la hizo estremecer–. Tu lealtad significa muchísimo para mí. Me has demostrado que puedo contar contigo en una situación de crisis. No se cómo habría sobrevivido a las últimas semanas sin ti.

El corazón de Brooke palpitó con fuerza. ¿De verdad significaba tanto para él?

—Gracias —murmuró.

Sin saber qué más decir, Brooke tomó la carta y se puso a ojearla, fingiéndose muy interesada en los platos que se detallaban en ella.

R. J. se decantó por una paletilla asada de cerdo con salsa barbacoa y verduras salteadas. Ella escogió un plato de gambas acompañado de ensalada.

—Estoy pensando que no sé mucho de ti —dijo R. J. cuando el camarero se hubo retirado, tras tomarles nota—. Sé que vives aquí, en Charleston, pero aparte de eso eres un enigma para mí. No hablas mucho de ti.

Brooke inspiró.

—No hay mucho que contar.

Dudaba que R. J. encontrase interesante el hecho de que su padre biológico, un jugador de rugby al que su madre había conocido siendo una adolescente, se hubiera negado a casarse con ella cuando la había dejado embarazada. Ni tampoco que había crecido con una sucesión de padrastros que habían entrado y salido de su vida.

—Me crie en Greenville y fui al instituto en Columbia. Mi madre y yo nos mudamos aquí después de que terminara la universidad. A las dos nos encanta Charleston.

—¿Vives con ella?

–No, mi madre vive en las afueras –con el último novio que se ha echado, añadió para sus adentros–. Me gusta tener mi propio apartamento.

–Pues yo no sé qué decirte; echo de menos la comida de mi madre –comentó él con una sonrisa.

De inmediato, sin embargo, su rostro se ensombreció, y Brooke sintió una punzada de culpa. ¿Habrían arrestado a su madre por lo que le había dicho a la policía?

–Estoy segura de que pronto la dejarán libre –dijo.

–Mi madre siempre ha sido el pilar que sostiene a nuestra familia. Estoy intentando que nos mantengamos unidos, pero la verdad es que todos estamos tensos y preocupados.

–No sabes cómo te envidio por tener hermanos. Debe ser estupendo poder contar con alguien cercano además de tus padres cuando necesitas comprensión o apoyo.

–O con quien reñir –apuntó él con una sonrisa divertida–. Aunque nos llevamos muy bien, también discutimos. Quizá no tanto ahora que todos somos mayores, pero cuando éramos niños…

–Yo nunca he tenido a un hermano con el que pelearme, y creo que me habría venido bien. Estoy segura de que las peleas entre hermanos te enseñan a negociar con la gente.

R. J. se rio.

–¿Estás diciendo que aprendí a hacer negocios peleándome con mi hermano por el coche teledirigido que compartíamos?

–Posiblemente –Brooke tomó un sorbo de champán y una sonrisa se le dibujó en los labios. Parecía que el haber cambiado de tema lo había hecho relajarse un poco–. Cuanto menos creo que puede decirse que las vivencias que compartisteis de niños han hecho que sigáis muy unidos ahora que sois adultos. Igual que con tus hermanas.

R. J. suspiró.

–Creía que éramos la familia perfecta, pero ahora todo el mundo sabe que eso no era más que una ilusión.

–Ninguna familia es perfecta, pero a mí me parece que vosotros os queréis y que sois como una piña, a pesar de lo que ha pasado.

El camarero se acercó para dejarles en la mesa unos aperitivos –aceitunas y calamares a la romana con salsa de tomates verdes–, y se marchó.

–Estoy seguro de que superaremos esto –dijo R. J.–. Lo que tenemos que hacer es concentrarnos en lo que nos hace fuertes, no en lo que amenaza con destrozarnos. Y de algún modo has conseguido desviar la conversación de ti –añadió enarcando una ceja–. Para mí eres un misterio, Brooke. Dime, ¿qué sueles hacer en tu tiempo libre?

Ella se encogió de hombros. Le habría gustado decir que tomaba lecciones de flamenco o que la invitaban a fiestas, pero nunca se le había dado bien mentir. Una o dos veces al mes invitaba a sus amigos a casa, pero la verdad era que lo que más valoraba era la paz y tranquilidad de su «santuario» después de un largo día de trabajo.

—Leo mucho —pinchó una anilla de calamar con el tenedor y lo mojó en la salsa—. Supongo que no suena demasiado emocionante, ¿no?

—Bueno, depende de si los libros que lees son buenos o no. A veces pienso que yo también debería sacar tiempo para hacer cosas así, tranquilas, para relajarme.

Brooke se rio.

—No te imagino sentado el tiempo suficiente como para leer un libro.

—Bueno, precisamente por eso quizá debería leer más a menudo —apuntó él—. Al menos una vez al mes solía ir con mi padre de caza a una cabaña de su propiedad en la montaña; nos servía a los dos para recargar las pilas. No he vuelto a ir por allí desde su muerte, aunque me la legó en su testamento y ahora es mía.

Su rostro se ensombreció de nuevo, y Brooke supo lo que estaba pensando: el mismo testamento por el que su padre prácticamente le había legado la mitad de la compañía a Jack Sinclair, su hijo ilegítimo.

—¿Y por qué no has vuelto a ir? —inquirió.

Él se encogió de hombros.

—Nunca he ido sin mi padre. No me imagino yendo solo, y no se me ocurre nadie con quien ir —de pronto su expresión cambió y la miró abriendo mucho los ojos—. Tú. Tú podrías venir conmigo.

—¿Yo? No, no creo que sea buena idea.

Brooke se movió incómoda en su asiento. Aún no había terminado su primera cita… ¿y ya estaba invitándola a ir con él a una cabaña? Y seguramente querría acostarse con ella cuando solo se habían besado una vez. El corazón le latía como loco en el pecho, mezcla de temor y de excitación.

El rostro de R. J. se iluminó.

—Iremos este fin de semana; solos tú y yo.

—Pero es que yo no he ido de caza en mi vida —replicó ella. La sola idea de matar a un ser vivo la hacía estremecer.

—Por eso no tienes que preocuparte; tampoco tenemos por qué cazar. Mi padre y yo la mayor parte del tiempo paseábamos por el bosque con las escopetas al hombro como excusa. Hay tanta paz que casi parece un crimen romper el silencio con un disparo.

Brooke sonrió.

—Me hace gracia imaginaros paseando con la escopeta al hombro sin dispararle a nada.

—A veces íbamos a pescar y sí que pescábamos y nos comíamos los peces. Esas fueron las únicas veces que vi a mi padre sentado más de veinte minutos.

—Yo fui de pesca unas cuantas veces hace años con la familia de una amiga. Se iban junto al lago con su caravana y pasaban allí una semana cada verano. Una vez pesqué una trucha enorme.

—Estupendo —R. J. se frotó las manos entusiasmado—. Es estupendo tener un plan de fin de semana. No sé cuánto hacía que no me tomaba un descanso.

Brooke no sabía qué decir. R. J. había decidido ya por ella sin preguntarle siquiera. Sabía que debía estar furiosa por su arrogancia, pero la idea de pasar un fin de semana en la montaña con él... ¿Qué mujer en su sano juicio diría que no? Ella, por supuesto. El instinto le decía que tenía que parar aquello antes de que se les fuera de las manos.

–Creo que no es una buena idea; seguro que hay alguna otra persona a la que puedas invitar. Además, tengo... cosas que hacer en casa.

–¿Te da miedo que vaya a aprovecharme de ti cuando estemos a solas en ese lugar solitario en la montaña? –inquirió él ladeando la cabeza y enarcando una ceja.

Una ola de calor inundó a Brooke ante esa idea.

–Em... sí.

–Pues haces bien en preocuparte, porque estás en lo cierto –respondió él con una sonrisa.

–Me parece que sería algo prematuro.

–Tienes razón; al fin y al cabo solo nos conocemos desde hace cinco años –apuntó él con sorna, y una nueva sonrisa hizo que aparecieran sendos hoyuelos en sus mejillas.

–Ya sabes a qué me refiero.

–Sí, sé lo que estás pensando, que un beso increíble no es suficiente para pasar juntos un fin de semana.

Brooke se encogió de hombros.

–Algo así.

–¿Cuántos besos entonces? ¿Dos, tres? –los ojos de R. J. brillaban traviesos.

–Más bien en torno a cinco –respondió ella, esforzándose por contener una sonrisa.

–Cinco besos por cinco años –murmuró él pensativo–. Veremos qué se puede hacer antes de que acabe la velada.

El camarero apareció con lo que habían pedido, y el sumiller les sirvió vino blanco.

Brooke apenas había probado el champán, y quizá ese era el problema, pensó. Tal vez necesitaba beber un poco más para liberarse de sus inhibiciones. Claro que sin mucho alcohol, ya solo con la perspectiva de otros cuatro besos de R. J. antes de que acabase la velada se sentía algo mareada.

De hecho, podía ver el brillo de una inminente victoria en los ojos de R. J. Había visto ese brillo en sus ojos muchas veces en las reuniones de trabajo, cuando estaba seguro de que estaba a punto de cerrar un trato importante. R. J. odiaba perder, y parecía que ella era su próxima conquista. El corazón le palpitó con fuerza. Cuando R. J. se proponía algo, nada lo detenía.

–¿Y de verdad puedes tomarte el fin de semana libre con todo lo que está pasando? –le preguntó.

R. J. enarcó una ceja.

–Precisamente por eso necesito escaparme unos días –alargó el brazo y acarició suavemente los dedos de Brooke, que descansaban en la base de su copa de vino. Un escalofrío de deseo le recorrió la espalda–. Y tú eres la distracción perfecta –le dijo con voz ronca.

Brooke tragó saliva. ¿Acaso esperaba que se fuera a su casa con él esa noche? ¿Dónde se estaba metiendo? Que acabara de llamarla «la distracción perfecta» no tenía buenos visos con miras a una relación seria. Pero, por supuesto, él no había hablado en ningún momento de una relación seria. Y a pesar de todo... a pesar de todo ya sentía un cosquilleo en los labios de solo pensar en los cuatro besos que le había prometido.

–Bueno, supongo que un poco de aire fresco de la montaña no nos vendría mal a ninguno de los dos –dijo, y de inmediato se sintió estúpida.

Probablemente R. J. esperaría de ella comentarios picantes e inteligentes, y antes o después acabaría dándose cuenta de que se había equivocado con ella y que no había mujer más sosa que ella. O tal vez simplemente había decidido tirar de ella en un momento de desesperación. A lo mejor a un tipo como él hasta la sosa de su secretaria le resultaba atractiva cuando todo su mundo estaba derrumbándose.

Ya estaba oscuro cuando R. J. aparcó cerca de Waterfront Park y se pusieron a caminar por el paseo marítimo admirando las luces de la ciudad reflejándose en el agua. Estaban peligrosamente cerca del bloque de apartamentos donde vivía R. J., pero de momento no había dicho nada que indicara que quisiera llevarla allí.

Ni siquiera había intentado besarla, y cada vez que pensaba que iba a hacerlo y no lo hacía, más ansiosa se sentía. El deseo reprimido durante cinco años se había desatado con un solo beso, y tenía la sensación de que si no volvía a besarla pronto estallaría en llamas.

–¿Y no tienes más familia que tu madre? –le preguntó R. J. deteniéndose.

–Sí, es la única familia que tengo desde que murió mi abuela hace unos años –contestó ella deteniéndose también.

R. J. llevaba toda la velada intentando sonsacarle más información sobre su vida personal, pero no de un modo entrometido, sino porque parecía tener un interés sincero.

–¿Alguna vez deseaste tener hermanos?

–Todo el tiempo –admitió ella–. Cuando era pequeña me moría por tener una hermana con la que compartir mis muñecas, y de adolescente habría dado cualquier cosa por tener un hermano mayor que trajera amigos guapos a casa.

R. J. se rio.

–Eso es justo lo que hacían mis hermanas. Pero seguro que a ti tampoco te hacía falta –dijo mirándola de ese modo que la hacía sentirse como una supermodelo.

Brooke no estaba dispuesta a confesarle que hacía casi un año de la última vez que había tenido una cita. Desde que se casara su mejor amiga no había salido mucho de noche y nunca se le había pasado por la cabeza flirtear con alguien de la oficina… hasta entonces.

R. J. dio un paso hacia ella y le rodeó la cintura con los brazos para atraerla hacia sí. Los pezones de Brooke se endurecieron y subió las manos al pecho de él. Entreabrió los labios de un modo inconsciente, ansiosa por que volviera a besarla.

Cuando finalmente los labios de R. J. se posaron en los suyos un cosquilleo de placer se extendió por todo su cuerpo. Llevaba todo el día soñando con ese momento. Estar en los brazos de R. J. la hacía sentirse segura, protegida, adorada. Estaba besándola con una dulzura exquisita, rozando sus labios suavemente, dejando que la punta de su lengua acariciara la de ella, tentándola hasta que estaba tan excitada que ya no podía ni pensar.

—Sabía que esto era una buena idea —murmuró R. J. despegando sus labios de los de ella.

—¿El qué? —inquirió ella aturdida.

—Invitarte a cenar esta noche… Besarte…

Una sonrisa tonta se le formó en los labios a Brooke.

—A mí también me lo parece.

Cuando volvió a besarla se sintió como si en vez de sangre le corriera lava por las venas. Nunca había experimentado una reacción física tan fuerte por un simple beso, y cuando sus labios se separaron ya estaba deseando que se unieran de nuevo. Pero si lo besaba cinco veces… ¿sería como darle a entender que estaba de acuerdo con que hicieran más que eso?

—Creo que debería irme a casa ya —balbució.

—Ni hablar —replicó él, sujetándola con firmeza por la cintura—. Cinco años, cinco besos.

—En mi contrato no decía nada de besos.

—Pues claro que sí; estaba en la letra pequeña.

No debiste leerlo bien –dijo él con ese brillo travieso en los ojos mientras inclinaba la cabeza de nuevo.

Los labios de Brooke se entreabrieron por instinto, y la lengua de R. J. se entrelazó con la suya, haciéndola temblar como una hoja al viento. Las rodillas le flaquearon, y se aferró a él por temor a perder el equilibrio.

–¿Por qué hemos esperado tanto? –inquirió él en un susurro, despegando sus labios de los de ella.

Brooke no contestó. No había lugar en ese momento electrizante para explicaciones aburridas sobre las expectativas que tenía a largo plazo para su carrera.

El beso número cuatro los pilló desprevenidos, y Brooke volvió a cerrar los ojos, perdiéndose en las sensaciones maravillosas que estaba experimentando. Tan extasiada estaba que, cuando sus labios se separaron de nuevo, no sabía si había pasado un minuto o una hora.

–Seguro que estarás preguntándote si voy a pedirte que pases la noche conmigo –dijo R. J. mirándola a los ojos, con los brazos aún en torno a su cintura. Pero no voy a hacerlo.

Brooke sintió una punzada de decepción. ¿Acaso había decidido que en realidad no estaba interesado en ella? Tal vez esos besos que a ella la habían hecho sentirse como si estuviera en llamas solo habían sido una serie de pruebas que no había pasado.

–No voy a hacerlo porque siento el más absoluto respeto hacia ti –añadió él muy serio.

A Brooke se le cayó el alma a los pies. ¿Iba a darle la charla de «te valoro demasiado como empleada y no quiero estropear las cosas»?

—Porque sé que eres una dama y te sentirías ofendida si te lo pidiera en nuestra primera cita —dijo R. J. poniendo sus manos sobre las de ella—. Y yo sigo siendo lo bastante caballeroso como para resistir la tentación.

Brooke se sintió conmovida. Quería ir despacio porque la respetaba.

—Pero no voy a dejar que te marches sin un último beso —R. J. se inclinó hacia ella y el olor de su colonia la envolvió.

Un profundo alivio inundó a Brooke cuando sus labios volvieron a fundirse. No estaba rechazándola, pensó, respondiendo al beso con pasión.

—Además —murmuró él cuando terminó el beso—, como vamos a pasar todo un fin de semana juntos, aunque estoy impaciente, me parece que sería codicia por mi parte pedirte también que pasaras la noche conmigo.

Brooke seguía teniendo dudas a ese respecto. Un fin de semana entero era mucho tiempo, y si las cosas se le escapaban de las manos no habría vuelta atrás. Aunque probablemente a esas alturas ya nada volvería a ser como antes entre ellos.

—¿Y qué tendría que llevarme? —inquirió.

—Solo ropa para un par de días. La casa está equipada con todo lo necesario.

—¿Habrá alguien más aparte de nosotros?

Se moriría de vergüenza si sus hermanos estuvieran también allí, y se estremeció solo de imaginarlos cuchicheando y riéndose a sus espaldas.

–Por supuesto que no –contestó él, y la besó brevemente en los labios–. Tendremos las ochenta hectáreas de terreno para nosotros solos.

¡Ochenta hectáreas! Sí que debía estar en medio de ninguna parte para que la finca tuviera esa extensión... Desde luego tendrían la privacidad suficiente para hacer lo que quisieran.

–Debería irme ya. Mañana tenemos que trabajar, por si te has olvidado –le dijo a R. J.

–Yo no tengo que preocuparme por nada. Tengo una secretaria muy eficiente que se ocupa de todos los detalles importantes por mí.

Brooke lo miró boquiabierta, fingiéndose indignada.

–Pues tendré que fijar unas cuantas reuniones con inversores, de esas que te gustan tanto. Quizá a primera hora de la mañana.

–Me estás asustando. Yo que tenía pensado no ir a la oficina hasta las once o las doce, después de levantarme tarde y desayunar tranquilamente –dijo él.

Brooke sonrió. Aunque estaba bromeando, se sentía orgullosa de que la considerase tan eficiente como para confiar en ella y no preocuparse. En ese momento parecía tan relajado que nadie diría que sus familia estaba envuelta en una maraña de problemas.

Si las cosas salían bien ese fin de semana... ¿quién sabía qué podría depararles el futuro?

Capítulo Tres

–¿Vas a pasar el fin de semana en la montaña con tu jefe?

Evie, la amiga de Brooke, se había quedado sin habla durante unos segundos, y aunque al parecer ya había recobrado la capacidad de comunicarse, todavía no se había recobrado del shock que le había producido lo que acababa de decirle.

Brooke se pasó el teléfono a la otra oreja.

–Es mucho más sensible de lo que pensaba.

–Me da igual lo sensible que sea –replicó su amiga–. ¿Qué pasará cuando se canse de ti?

–¿Tan aburrida soy? –se quejó Brooke, paseándose por el salón de su apartamento mientras hablaba.

–No me refiero a eso y lo sabes. La mayoría de los hombres, y sobre todo los hombres con dinero y puestos importantes como él, solo quieren a las mujeres para divertirse un poco, y luego, después de unas cuantas citas se buscan a otra –dijo Evie–. Además, ¿no decías que era un donjuán?

–Bueno, sí, antes salía con un montón de mujeres, pero después de lo que ha pasado con su familia se ha vuelto más serio.

Bueno, al menos hasta donde ella sabía.

–Ya. Así que ahora se ha convertido en el hombre perfecto que busca a una chica agradable y tranquila para sentar la cabeza.

–Pues mira, a lo mejor sí.

–¿Y si te equivocas? Le has dado cinco años de tu vida a la empresa. ¿No decías que querías ascender?

–Sí, bueno, presenté mi candidatura incluso para ser coordinadora de eventos, pero nada.

Y lo cierto era que le dolía un poco, sobre todo teniendo en cuenta que la mujer a la que habían contratado no le parecía especialmente brillante.

–En fin, tendré que seguir intentándolo.

–¿Y crees que tener un romance con tu jefe te ayudará?

–No tenemos un romance… al menos todavía. Solo nos hemos besado.

–Pues después de ese fin de semana en la montaña ya será un romance en toda regla. ¿De verdad crees que de pronto decidirá que eres la mujer de sus sueños y que te pedirá que te cases con él?

Brooke inspiró.

–Bueno, ¿y qué? ¿Acaso es un crimen soñar? Tú te has casado, ¿no?

–Sí, pero me casé con un compañero de trabajo, no con uno de los jefazos. Me preocupo por ti porque eres mi amiga, Brooke, y sé lo mucho que significa para ti tu trabajo. Creo que es una empresa en la que podrías ascender y tener un puesto de más responsabilidad, y no quiero que tires eso por la borda solo por un romance con un hombre por el que sientes lástima por lo mal que lo está pasando.

–Siempre puedo encontrar un trabajo en otro sitio.

–¿Tal y como están las cosas? Yo me estoy aferrando a mi empleo con uñas y dientes; ahora mismo no llueven precisamente las ofertas de trabajo.

–¡Hay que ver cómo me animas! –protestó Brooke, sintiendo que sus ilusiones se desmoronaban igual que un castillo de naipes. Hacía un momento había estado fantaseando con convertirse en la esposa de R. J. Kincaid, y de repente su amiga le había hecho poner los pies en la tierra–. ¿No crees que tengo derecho al menos a divertirme un poco?

Evie suspiró.

–Escucha, yo también echo de menos nuestras salidas. Es que no paramos con las reformas que estamos haciendo y...

Brooke se rio.

–No intentaba hacerte sentir culpable para que salgas conmigo –la tranquilizó–. Ya sé que todo esto te parece una locura, pero el caso es que desde que nos besamos supe que no había marcha atrás. Es un poco como estar subida en una montaña rusa. Ya está en marcha y no me puedo bajar, así que creo que lo mejor será que disfrute el momento y que cruce los dedos.

–Pues yo tengo un nudo en el estómago desde que me lo has dicho, y quiero que el lunes me cuentes con pelos y señales todo lo que pase.

***

R. J. dejó las llaves y la cartera en la bandeja y pasó el control de seguridad de la prisión. El ambiente de aquel lugar no podía ser más opresivo. ¡Que su pobre madre tuviese que sufrir aquello!

Un guardia taciturno lo condujo a una sala privada. Por lo que le había dicho su abogado, no le había resultado fácil conseguir que pudiera hablar con su madre cara a cara en vez de a través de un micrófono y con un cristal de por medio en la sala común. Era una sala pequeña donde solo había una mesa de metal y un par de sillas. Su madre, que lo aguardaba sentada, estaba vestida con el mono de la prisión.

R. J. se acercó y cuando ella se levantó la abrazó con fuerza. Parecía tan frágil e impotente... nada que ver con la mujer fuerte de la que él siempre había presumido.

—No pueden tener contacto físico —les recordó la ruda voz del guardia detrás de ellos.

R. J. lo había olvidado. Dejó caer los brazos de mala gana.

—No volverá a ocurrir —dijo, volviéndose hacia el hombre—. ¿Podría dejarnos a solas unos minutos?

—Estaré fuera, observándoles —dijo el tipo señalando el ventanuco de la puerta; y salió.

El rostro de su madre estaba pálido y demacrado, y tenía ojeras.

—Estoy haciendo todo lo que puedo para intentar sacarte de aquí —le dijo.

—Lo sé —contestó ella esbozando una leve sonrisa—. Mi abogado dice que no le dejas ni dormir.

–Ya dormirá cuando estés fuera. Esta tarde voy otra vez a ver al fiscal del distrito, antes de marcharme de fin de semana.

Los ojos de su madre se iluminaron.

–¿Vas a la cabaña?

R. J. asintió.

–Me preguntaba cuánto tiempo pasaría antes de que volvieras a ir. Sé lo mucho que te gusta esa finca. ¿Quién va contigo?

–Brooke.

¿Por qué no decirle la verdad? Estaba impaciente por que llegara el fin de semana para poder estar a solas con Brooke en aquel tranquilo lugar. Ya se la estaba imaginando con el sol arrancando reflejos dorados de sus cabellos y sus hermosos ojos verdes admirando las majestuosas montañas. Estaba seguro de que le encantaría.

–¿Tu secretaria?

La sorprendida respuesta de su madre lo sacó de su ensoñación.

–Sí, ella y yo… Bueno, en estos últimos meses ha sido una gran ayuda para mí.

La verdad era que se moría por hablarle a su madre de ella. Brooke era tan dulce y tan buena además de bonita… estaba seguro de que su madre la adoraría si la conociera.

Sin embargo, era obvio que a su madre le resultaba chocante la idea de que fuese a pasar el fin de semana con su secretaria, y en realidad no había nada entre ellos, así que decidió no decir más.

Su madre asintió.

–Parece una chica inteligente, y es muy bonita. Espero que lo paséis bien. Te mereces un descanso.

–Gracias, mamá –se le hizo un nudo en la garganta. Era tan dulce por su parte desearle que se divirtiera cuando ella iba a estar allí encerrada… La ira y la frustración volvieron a revolverse en su interior–. ¿Por qué te tienen aquí retenida? Nadie nos dice nada, y no comprendo por qué se niegan a dejarte salir bajo fianza.

–¿Por qué no nos sentamos? –lo invitó su madre, señalando la mesa y las sillas con la palma de la mano. Como si en vez de en la cárcel estuvieran en su casa.

Los dos tomaron asiento y ella apoyó los brazos en la mesa y se inclinó hacia delante.

–Saben que estaba en las oficinas del Grupo Kincaid la noche que… la noche que asesinaron a tu padre –la voz se le quebró al pronunciar las últimas palabras, y R. J. vio dolor en sus ojos.

–¿Estabas allí esa noche? –inquirió él, haciendo un esfuerzo por no alzar la voz.

–Sí –su madre apretó los dientes–. Fui a llevarle algo de cenar porque había dicho que llegaría tarde.

R. J. frunció el ceño.

–La policía no ha dicho que encontraran comida.

Su madre sacudió la cabeza.

–No la quiso, así que me la llevé de vuelta conmigo –dejó escapar un suspiro y se estremeció–. Sé que parece raro: yo llevándole la cena a la oficina.

Nunca antes lo había hecho, pero estaba preocupada por tu padre porque lo veía tan distante…, como si estuviera preocupado por algo. Además, la noche anterior había estado muy brusca con él y quería que supiera que lo quería.

–Papá sabía que lo querías –la ira sacudió a R. J. al pensar en el dolor que debía haberle causado a su madre el descubrir que durante años había habido otra mujer–. De hecho yo diría que no te merecía.

Los ojos de su madre se llenaron de lágrimas, pero logró contenerlas.

–Lo echo de menos, a pesar de todo.

–Es normal –R. J. le tomó las manos. Estaban frías, y se las apretó para intentar calentárselas un poco–. Y sobre lo de esa noche… el que le llevaras la cena a la oficina no te convierte en una asesina.

–No, pero sí en sospechosa de asesinato.

R. J. frunció el ceño. Allí había algo que no encajaba.

–¿Pero cómo sabe la policía que estuviste allí?

Los guardas de seguridad no se molestaban siquiera en apuntar a los miembros de la familia que entraban y salían. El edificio era de ellos, al fin y al cabo.

–Alguien me vio.

–¿Quién?

¿Qué clase de persona sería capaz de señalar a su madre con el dedo por haber estado en la escena del crimen?

Su madre vaciló y apartó la vista.

–¿Acaso importa? La verdad es que ni siquiera recuerdo haberme encontrado con nadie esa noche, pero sí es cierto que estuve allí.

–De todos modos es absurdo que te acusen. No tenías ningún motivo para matar a papá. Tú, igual que el resto de nosotros, ignorabas que tuviese otra mujer y otros hijos en otro lugar –aquellas palabras le dejaron a R. J. un regusto amargo en la boca.

Su madre apartó las manos y las bajó a su regazo.

–Tengo que confesarte algo, hijo.

R. J. abrió mucho los ojos.

–¿El qué?

El estómago le dio un vuelco. ¿Iba a admitir que había matado a su padre?

–Sí que sabía lo de la otra mujer, lo de Angela –respondió su madre muy calmada–. Lo sabía desde hacía varios años. Un día, buscando una calculadora en el escritorio de tu padre, encontré un esbozo previo del testamento en un cajón.

R. J. tragó saliva.

–¿Y por qué no nos dijiste nada?

–Tu padre y yo tuvimos unas palabras, pero me convenció de que me quedara con él por el bien de la familia. Su reputación, la compañía… ya sabes lo importante que era todo eso para él. Y para mí también.

R. J. parpadeó, incapaz de dar crédito a lo que estaba oyendo.

–Cenábamos todos juntos, semana tras semana… ¿y en todo ese tiempo no le dijiste una palabra a nadie?

Su madre bajó la cabeza.

–Tu padre y yo llevábamos muchos años casados; habíamos compartido mucho en todo ese tiempo. Quizá demasiado como para tirarlo por la borda por un romance que había empezado antes incluso de que tú nacieras.

–Pero que aún continuaba, a menos que me equivoque.

Vio a su madre tragar saliva.

–No, no te equivocas: tu padre amaba a Angela –alzó la vista hacia él con esfuerzo–. Pero tu padre también me quería mí –una sonrisa irónica acudió a sus labios–. Era un hombre que tenía mucho amor que dar.

–Supongo que es un modo de verlo, aunque si hubiera podido me habría gustado decirle un par de cosas –R. J. se dio cuenta de que tenía apretados los puños y los relajó–. Sé que no fuiste tú quien lo mató.

Necesitaba decirlo en voz alta después de que se le hubiera pasado por la cabeza lo contrario durante una fracción de segundo, cuando ella le había dicho que tenía algo que confesarle. Y también necesitaba que ella disipara sus dudas.

–Por supuesto que no fui yo, pero la policía no lo sabe, y no tengo una coartada.

–Tenemos que encontrar a quien lo hizo. ¿Hay alguien de quien sospeches?

Elizabeth sacudió la cabeza.

–Si tuviera la más mínima idea de quién pudo ser, yo misma se lo habría dicho a la policía.

R. J. paseó la mirada por la deprimente sala y recordó la bolsa que había llevado consigo.

–Te he traído algunos libros.

Su madre esbozó una sonrisa y tomó la bolsa de papel que él le tendía.

–Eres un encanto, hijo, aunque espero que no me dé tiempo a leerlos –dijo con un suspiro.

–No, si yo puedo evitarlo.

–Nunca había viajado en uno de estos aviones pequeños –las manos de Brooke temblaban cuando se abrochó el cinturón de seguridad, a bordo del jet de los Kincaid–. ¿No podríamos ir en coche? –le imploró a R. J. mirándolo con esos enormes ojos verdes.

Un instinto protector hizo que R. J. la tomara de la mano.

–Está a casi doscientos cincuenta kilómetros, cerca de Gatlinburg, en Tennessee. No pasará nada, ya lo verás –se le hacía raro ver nerviosa a Brooke, que siempre parecía tan segura de sí misma. Le apretó la mano para tranquilizarla–. Además contamos con un piloto profesional; cuando vivía mi padre algunas veces era él quien lo llevaba, y aunque decía que había pilotado aviones durante el tiempo que estuvo sirviendo en el Ejército, yo nunca vi que tuviera una licencia de vuelo.

–¿Y dejabais que pilotara? ¡Qué miedo!

–Dímelo a mí. Alguna vez incluso pensé en sacarme yo la licencia para poder tomar los mandos si había una emergencia. Claro que puede que me preocupara por nada. En una ocasión pillamos una fuerte racha de viento y mi padre la salvó como un auténtico profesional.

Sintió una punzada de tristeza al recordar aquello y pensar en que nunca volvería a ver a su padre. Nunca volvería a oír su risa, ni le contaría más historias de sus días en las Fuerzas de Operaciones Especiales.

—Eso no me tranquiliza —comentó Brooke.

—No pasará nada —le reiteró él pasándole el brazo por los hombros.

Sus fosas nasales se llenaron con el suave aroma floral del perfume de Brooke. Pronto estarían a solas en las montañas. Tenía intención de ofrecerle a Brooke un dormitorio para ella sola y luego tentarla para llevarla al suyo. El solo imaginarla retozando desnuda con él bajo las sábanas hacía que se le acelerase el pulso.

No había olvidado que era su secretaria, y de vez en cuando le asaltaban las dudas de si aquello sería correcto. Al fin y al cabo siempre era arriesgado mezclar trabajo y placer. Su padre más de una vez le había aconsejado que mantuviese los asuntos personales separados del trabajo, y nunca hasta entonces había tenido un romance con ninguna empleada, y no porque no se hubiera sentido tentado unas cuantas veces a lo largo de los años.

Lo curioso era que nunca había pensado en Brooke de ese modo hasta ese beso con sabor a whisky en su despacho. Hasta ese momento había sido su mano derecha, alguien de absoluta confianza, pero aquel beso había abierto las puertas a un nuevo mundo lleno de posibilidades.

Ahora sabía que su secretaria era una mujer sensual. Había visto el fuego de la pasión en sus ojos de jade, y había visto bajar y subir su hermoso pecho, falto de aliento por el ardor de los besos que habían compartido. ¿Cómo podría resistirse a ella?

Brooke emitió un gemido ahogado cuando el avión despegó, pero se relajó cuando ascendieron, sobrevolando Charleston, y pusieron rumbo al horizonte, donde el ocaso teñía con sus cálidos colores las montañas.

–¿Cómo está tu madre? –le preguntó Brooke.

–Lo sobrelleva con entereza. Es una mujer valiente y no quiere que nos preocupemos. Esta tarde he ido a visitarla y le he llevado unos libros que quería. Le he dicho que estamos haciendo todo lo posible para sacarla de allí. La policía no nos ha dicho mucho, así que hemos contratado a un detective privado que se dedica en exclusiva al caso y colabora con Nikki Thomas, nuestra detective corporativa. Y nuestros abogados siguen intentando negociar una fianza, pero es complicado. Al parecer alguien vio a nuestra madre esa noche en las oficinas. Eh… ¿estás bien?

Brooke había palidecido de repente.

–Sí, es que tengo un poco revuelto el estómago. Seguro que se me pasará en cuanto aterricemos.

Minutos después, cuando descendían sobre el aeropuerto de Gatlinburg, Brooke le apretó la mano con fuerza, y suspiró aliviada cuando el avión hubo tomado tierra y se detuvo en la pista.

–¿Lo ves? –le dijo él–. Has sobrevivido.

–Perdona que sea tan miedosa. Seguro que te he dejado marca, clavándote las uñas en la mano.

Siguiendo sus instrucciones, el guardés de la cabaña le había dejado en el aeropuerto el Chevrolet Suburban para que pudieran desplazarse hasta allí. También le había dicho que su esposa y él podían tomarse el fin de semana libre después de dejar preparada la cabaña. Sospechaba que la presencia de alguien más en la casa haría que Brooke se sintiera incómoda.

Una ola de tristeza lo invadió cuando se puso al volante del Chevrolet Suburban. Cuando habían ido a la cabaña siempre había sido su padre quien lo había conducido. R. J. suponía que le gustaba mantener los roles de padre e hijo aun cuando él hacía casi veinte años que conducía.

–Esto es precioso –dijo Brooke–. Hasta la luz es distinta.

Sí que era distinta, pensó él, admirando los reflejos dorados que el sol arrancaba de su cabello rubio mientras miraba por la ventanilla.

Introdujo la llave en el contacto y la giró para poner el vehículo en marcha.

–Mi padre me escribió una carta cuando hizo testamento –dijo. No le había hablado a nadie más de aquello –. En ella me dice que no estaba seguro de cuánto tiempo más iba a vivir, y quería asegurarse de que la cabaña fuese mía.

Brooke se volvió hacia él sorprendida y se quedó mirándolo pensativa un momento.

–Casi parece como si hubiera sabido que iba a morir –murmuró.

–Sus abogados me han dicho que reescribía el testamento cada cierto número de años, así que no creen que signifique nada. Dejó escrita una carta a cada miembro de la familia excepto a mi madre.

–¿Tu madre sabía lo de la otra mujer y sus hijos?

R. J. tragó saliva.

–Parece ser que sí, y no nos dijo nada a ninguno. Un día encontró una copia del borrador del testamento en un cajón de su escritorio –le aliviaba poder hablar de aquello, y sabía que podía confiar en la discreción de Brooke–. Mi madre no quería que ninguno de nosotros lo supiera.

–¿Y por eso la policía piensa que tenía motivos para cometer el asesinato?

–Supongo que piensa que quería vengarse.

Brooke palideció y emitió un gemido ahogado. ¿Acaso creía posible que su madre empuñase una pistola para disparar contra el que había sido su marido durante casi cuarenta años?

–Es inocente; estoy convencido de que ella no lo hizo.

–No, por supuesto que no –balbució ella, girando el rostro hacia la ventanilla.

–He traído la carta que me dejó mi padre porque menciona en ella algo acerca de la cabaña –le dijo R. J., girando el volante para tomar un desvío–. Parece ser que hay algo más que quería que tuviese.

–¿Algún objeto?

–Pues no lo sé; es algo bastante misterioso: pone que mire en el tercer cajón, pero no dice de qué mueble.

–Sí que es extraño. Bueno, tendrás que abrir el tercer cajón de todos los muebles.

R. J. no mencionó qué más le decía su padre en la carta. Había cosas que eran solo entre ellos dos, y quizá fuese mejor que nadie más las supiese.

Brooke se quedó sin palabras cuando llegaron a la cabaña. ¡Menuda cabaña! Claro que… ¿qué esperaba?, ¿encontrarse un chamizo con un retrete fuera? El impresionante caserón de estilo rústico y construido en madera se alzaba en medio de un bonito paisaje boscoso.

Cuando entraron, los rayos del sol del atardecer que entraban por las ventanas teñían el vestíbulo con su cálida luz entre dorada y rojiza. R. J. dejó las maletas en el suelo.

–Mi padre le puso a esta casa el nombre de Great Oak Lodge. Ven a ver por qué escogió este lugar para construirla.

Entraron en el salón, decorado con estilo sobrio y rústico a la par que moderno, con sofás en color crema y una chimenea de piedra. R. J. tomó a Brooke de la mano y la condujo hasta unas puertas acristaladas que abrió de par en par para que salieran a un patio que tenía como telón de fondo una vista interminable de colinas cubiertas de árboles.

No se divisaba rastro alguno de civilización; solo colinas y valles poblados por decenas y decenas de árboles.

–Parece como si estuviéramos alejados del resto del mundo –murmuró Brooke.

–En cierto modo lo estamos –R. J. se colocó detrás de ella y le rodeó la cintura con los brazos.

Brooke sintió un cosquilleo en el estómago. No se habían besado desde su cita de hacía dos noches, y durante el vuelo había estado demasiado nerviosa como para pensar en besos.

R. J. se inclinó y la besó en el cuello.

–Hueles de maravilla.

Brooke se estremeció de excitación cuando notó su cálido aliento cerca del oído.

–¿No deberíamos deshacer las maletas? –inquirió.

No podía creerse que estuviera interrumpiendo aquel momento tan sensual con una pregunta así.

R. J. se rio suavemente.

–¿Intentando retrasar lo inevitable?

–Solo estoy siendo práctica. Por eso me contrataste, ¿no?

¿Por qué? ¿Por qué tenía que haberle recordado a R. J., y haberse recordado a ella también, que eran jefe y empleada?

–Dejemos los asuntos de la oficina en la oficina –R. J. no la había soltado, y sus labios apenas se habían separado un milímetro de su cuello–. Inspira el aire fresco de las montañas, Brooke.

–Ya lo estoy haciendo.

Si no fuera así ya se habría desmayado, y era más que posible por cómo la estaba tentando R. J., mordisqueándole suavemente el lóbulo de la oreja.

–El aire de las montañas es un reconstituyente estupendo –le dijo–. Inspira hasta llenarte con él los pulmones.

Brooke inspiró profundamente el aire fresco del atardecer, con olor a pino y a tierra, y espiró muy despacio.

–Sí que sienta bien.

–Aquí es como si el tiempo no existiera –dijo él–. El sol sale y se pone y todo sigue igual salvo por el lento paso de las estaciones.

–Estoy descubriendo que eres un hombre mucho más profundo de lo que creía –lo picó ella.

–¿Lo ves?, y eso que hace cinco años que me conoces. Eso nos demuestra lo importante que es dejar a un lado de vez en cuando los roles y las jerarquías. Y ahora, bésame.

Antes de que pudiera protestar, la hizo girarse y tomó sus labios. Brooke cerró los ojos y subió las manos a sus hombros. Fue un beso delicioso, tan embriagador como el suave calor del sol del atardecer que les acariciaba la piel.

Cuando R. J. hizo el beso más profundo se apretó contra él, dejando a un lado las preocupaciones y perdiéndose en la maravillosa sensación de esos labios acariciando los suyos y de esos fuertes brazos en torno a su cintura.

Cuando finalmente se separaron, aunque apenas fue unos centímetros, los ojos de él brillaban, y

Brooke estaba segura de que los suyos también. Se sentía feliz, y aquel momento no podía ser más perfecto.

–Eres preciosa –le susurró él–. Y la luz del atardecer te sienta maravillosamente.

–A lo mejor debería llevarla más a menudo –bromeó ella.

–Ya lo creo que sí. Y tengo el presentimiento de que la luz del amanecer te sentará igual de bien.

–Supongo que tendremos que levantarnos muy temprano para averiguarlo.

A pesar del tono despreocupado que empleó, Brooke sintió una punzada de nervios en el estómago. Cuando llegase el alba habrían yacido juntos; habrían hecho el amor.

¿O tal vez no? Eso fue lo que se preguntó cuando R. J. la llevó a un dormitorio, le dijo que deshiciera la maleta y desapareció. Quizá no fueran a hacerlo después de todo.

El armario estaba vacío a excepción de unas cuantas pechas y un sencillo albornoz blanco. La habitación tenía un baño con un set de artículos de aseo, como si estuvieran en un hotel.

Guardó en el armario la poca ropa que había llevado consigo y se cambió el traje de chaqueta y falda que vestía por sus vaqueros favoritos y una camisa verde que hacía resaltar sus ojos.

Salió al pasillo y al oír a R. J. silbando una canción se guio por el sonido hasta llegar a otro dormitorio con la puerta entreabierta.

–¿Ya has acabado de deshacer tu maleta? –le preguntó al verla entrar R. J., que estaba colgando la chaqueta del traje en el armario.

También se había quitado la corbata y se había doblado las mangas de la camisa, dejando al descubierto sus varoniles antebrazos.

Brooke asintió y bajó la vista a la maleta de él, que estaba abierta en el suelo, a medio deshacer. De modo que sí iban a dormir en habitaciones separadas. Debería sentirse aliviada, pero en vez de eso sintió una punzada de decepción. Quizá, mientras que ella había estado esperando un romance apasionado, él solo tenía intención de pasar un fin de semana relajado, lejos de sus problemas.

–Nunca te había visto con vaqueros –los ojos de R. J. descendieron por sus piernas, haciéndola sentir acalorada–. ¡Lo que me estaba perdiendo!

–Yo tampoco te he visto a ti nunca con vaqueros –dijo Brooke con una sonrisa, mirando su maleta abierta, donde había unos de color azul oscuro.

–Pero los míos no se abrazan a mí como a ti los tuyos –respondió él con una sonrisa lobuna.

–Pues es una lástima.

Aun con el pantalón del traje se le notaba lo musculoso que estaba. Jugaba mucho al tenis y al squash, y también participaba en competiciones de vela. Sin duda el resto de su cuerpo, igual que su rostro y sus brazos, debía estar bronceado de pasar tantas horas expuesto al sol, y Brooke esperaba poder comprobarlo pronto para comparar con las imágenes de él desnudo que se habían forjado en la imaginación.

–¿Tienes hambre? –le preguntó R. J.

Por el modo en que estaba mirándola no parecía que estuviese pensando en comida, sino más bien en otra cosa.

–La verdad es que sí. Los nervios del vuelo han debido abrirme el apetito.

–Estupendo, pues vamos a la cocina. Antes de venir llamé a los guardeses y les pedí que llenaran la nevera con comida preparada de mi delicatessen preferido, Frankie Deleon. Así no tenemos que preocuparnos de cocinar.

La cocina también estaba amueblada con un estilo rústico, y cuando R. J. abrió la nevera, tal y como había dicho, había de todo.

–Veamos qué tenemos por aquí –murmuró echando un vistazo–. Arroz con marisco, salmón ahumado, tallarines con verduras, macarrones con queso, ensalada, costillas de cerdo, una tabla de quesos… ¿Por dónde quieres que empecemos?

A Brooke se le estaba haciendo la boca agua.

–Suena todo delicioso. ¿Qué te apetece a ti?

La mirada en los ojos azules de R. J. no podía ser más elocuente. Brooke notó que se le endurecían los pezones, y sonrió nerviosa.

–Decide tú –le dijo él.

–¡Ajá!, un desafío… Brooke sabía que a R. J. le gustaba la gente capaz de tomar decisiones.

–De acuerdo. Pues entonces… tallarines, costillas y ensalada.

–Me parece bien.

R. J. sacó los envases de la nevera, y mientras

Brooke ponía las costillas en el horno para calentarlas, él sacó platos del aparador y sacó también una botella de vino blanco de la nevera.

–¿Has mirado ya en los cajones? –le preguntó Brooke.

Él, que estaba descorchando la botella, alzó la vista.

–¿Qué cajones?

–Me refiero a lo que mencionaste antes de la carta de tu padre.

Quizá era demasiado personal, pensó Brooke. Probablemente quería buscar él solo aquello que su padre le había dejado en un cajón de la casa.

R. J. volvió a bajar la vista a la botella.

–No sé si estoy preparado. Todavía no puedo creer que mi padre ya no esté.

–No puedo ni imaginar lo duro que debe haber sido para ti –murmuró Brooke.

–Todavía sigo teniendo la sensación de que va a aparecer de repente al doblar una esquina y me va a decir riendo que no ha sido más que una broma pesada.

El fuerte ruido del corcho hizo que Brooke diera un respingo.

–Estoy segura de que está orgulloso de ti por cómo estás llevando todo esto.

R. J. asintió.

–Imagino que ahora estará observándome desde donde quiera que esté –murmuró mientras les servía una copa a ambos–. Me alegra haber venido. Llevaba mucho tiempo queriendo venir, pero no sabía cómo me sentiría.

Brooke tomó la copa que le tendió.

–¿Y cómo te sientes?

–Pues… la verdad es que bien. Este lugar sigue igual que siempre: tan tranquilo, tan perfecto para escapar de la realidad…

–¿Crees que uno puede escapar de verdad de la realidad? –inquirió ella pensativa.

–Claro que sí –respondió él con una sonrisa–. La metes en un cajón y te olvidas.

–Eso no suena al R. J. que conozco.

Él se rio.

–No, supongo que no. Bueno, a lo mejor es que estoy intentando cambiar.

–Pues yo no creo que tengas que cambiar –le dijo ella con sinceridad–. Eres honrado y siempre vas de frente. Afrontas las cosas sin andarte por las ramas, y tampoco intentas agradar a la gente.

–Pero precisamente por mi franqueza más de una vez he sido muy brusco contigo cuando no lo merecías.

–Prefiero que me digas lo que piensas a tener que adivinarlo.

–Supongo que es algo que heredé de mi padre –de pronto el rostro de R. J. se ensombreció–. O así era como lo veía yo. Era franco hasta el punto de resultar brusco, y nunca dudé de lo que me dijo –bajó la vista a su copa–. Solo ahora me doy cuenta de que debí recelar de lo que no me dijo. Tal vez nunca llegue uno a conocer a nadie de verdad.

–Tal vez. Pero era imposible que imaginaras que tu padre tenía a otra mujer y a otros hijos.

–Yo no, pero mi madre sí lo sabía y también lo mantuvo en secreto.

–Probablemente solo quería evitaros el dolor que os causaría.

–Pero en vez de eso lo que ha conseguido es, sin querer, acabar pareciendo sospechosa de un asesinato –R. J. sacudió la cabeza y tomó un sorbo de vino–. No hay justicia en este mundo.

A Brooke se le encogió el estómago. Detestaba escuchar a R. J. hablar con semejante amargura cuando era la persona más positiva que conocía.

–Se hará justicia, aunque puede que tarde un poco.

–Ojalá pudiera creerlo, ¿pero cómo puede haber justicia cuando el cuarenta y cinco por ciento de la compañía a la que le he dedicado tantos años de mi vida ahora está en manos de un hermanastro del que no sabía nada hasta hace unos meses? –le espetó él alzando la vista con una mirada fría y dura–. Un hermanastro que además detesta a toda mi familia y la compañía que le ha sido puesta en bandeja.

Brooke dejó su copa en la encimera.

–La verdad es que todo es muy extraño y difícil de comprender.

¿Cómo podía haber sido su padre tan cruel?

–¿Sabes qué? –dijo R. J. enfadado–. Sí que quiero ver lo que hay en ese tercer cajón que menciona la carta. Quiero comprender por qué de repente decidió apartarme a un lado y entregarle la compañía a su hijo ilegítimo –abrió el tercer cajón de uno de los muebles de la cocina–. Servilletas y manteles. ¿Crees que eso puede tener algún significado oculto? –inquirió con sarcasmo.

Brooke se habría reído, pero era un asunto serio, y algo doloroso para R. J.

–¿No tenía un escritorio en alguna parte de la casa?

–Sí, en el estudio.

R. J. salió de la cocina y Brooke lo siguió hasta allí. El escritorio del padre de R. J. tenía cajones a ambos lados, y en los dos había tres cajones. R. J. abrió el tercer cajón de la izquierda y revolvió en su interior.

–Casquillos de bala, bolígrafos, clips, una pelota de golf… –R. J. cerró el cajón y abrió el tercero de la derecha–. Papel de cartas y sobres… –levantó los papeles–. ¿Qué es esto? –inquirió sorprendido, sacando un sobre grande de color marrón–. Lleva el nombre de mi padre. O el mío; su padre me puso su nombre cuando me inscribieron en el registro: Reginald Kincaid –el sobre estaba sellado y era grueso, como si contuviera un buen taco de papeles, o incluso algún objeto–. Pesa bastante.

–¿No vas a abrirlo?

R. J. vaciló, sopesándolo en su mano, y en ese momento se oyó el pitido del temporizador del horno.

Capítulo Cuatro

–Iré a ver si ya están las costillas –dijo Brooke, aparentemente aliviada de tener una excusa para dejarlo solo.

Cuando se hubo marchado, R. J. abrió el sobre y lo volcó para vaciarlo en la mesa: papeles, un par de gemelos, un anillo que nunca había visto llevar a su padre, y algunas fotografías viejas.

–¡Las costillas ya están! –llamó Brooke desde la cocina–. ¡Voy a calentar también los tallarines!

–¡De acuerdo!

¿Sería aquel sobre con cosas a lo que se refería su padre en la carta? Tomó el anillo y lo miró detenidamente. Era de oro y en la parte de arriba tenía un círculo plano con un emblema grabado. Parecía un anillo de graduación, probablemente de cuando su padre estuvo en el Ejército. Sí, reconocía ese emblema del águila sosteniendo un rayo con las garras. Debía haberlo guardado como recuerdo de una época pasada, una época en la que Angela era la mujer a la que había amado y que había sido la madre de su primer hijo.

–¡Está todo listo, R. J.!, ¡vente a cenar! –volvió a llamarlo Brooke desde la cocina.

Su voz lo devolvió al presente. Tenía a una mujer encantadora esperándolo; los recuerdos dolorosos podían esperar. Volvió a guardar las cosas en el sobre y lo metió de nuevo en el cajón.

–¡Ya voy!

Cuando entró en la cocina le pareció que Brooke estaba más bonita que nunca con los últimos rayos de sol recortando su silueta contra la ventana que tenía detrás.

–¡Qué buena pinta! –comentó acercándose a la isleta donde Brooke, que estaba removiendo la ensalada, lo había colocado todo.

Ella esbozó una sonrisa.

–¿Verdad? ¿Comemos en el comedor o…?

–No, fuera hace una temperatura muy agradable; comamos en el patio.

Cuando salieron los tenues rayos del ocaso teñían de un bonito dorado rojizo la brillante superficie de la mesa. Colocaron en ella todas las cosas y R. J. encendió un par de velas.

–Verderamente esto es el paraíso –comentó Brooke mirando el maravilloso paisaje cuando se hubieron sentado–. Esta debe ser la única casa en kilómetros a la redonda.

–Bueno, hay otras por ahí, pero los árboles las ocultan –respondió él–. Mi padre siempre decía que venir a las montañas ayuda a recuperar la perspectiva. Los problemas se encogen y también el ego.

Brooke se rio.

–No me imagino a tu padre diciendo eso.

–No te creas, a veces podía ponerse muy filósofo –dijo él.

Se sentía bien pudiendo hablar de su padre con esa tranquilidad después de todo lo que había pasado. Brooke tenía ese efecto en la gente. En la oficina siempre era la voz de la razón; siempre lograba apaciguar los ánimos.

–¿Te di las gracias por agarrarme el otro día por el pescuezo y evitar que empeorase las cosas con mi mal humor?

–¿Cuando te saqué de la sala de juntas, te llevé a tu despacho y te serví una copa de whisky tras otra? –dijo ella con ojos traviesos.

–Justamente. Fue una maniobra muy hábil; digna de un ejecutivo.

–Más bien un acto de desesperación. Aunque algún día sí que me gustaría llegar a ejercer de ejecutivo.

–Yo creo que se te daría bien –dijo él, y tomó un sorbo de vino–. La idea que tuviste de que el encargado de cada departamento entregara un informe semanal para que todos tengamos una idea de cómo marchan las cosas en conjunto fue muy buena. Has conseguido que lo hagan.

La gente de Recursos Humanos le había informado recientemente de que había presentado su candidatura para otro puesto, pero él les había dicho que no podía prescindir de ella en esos momentos. Con todo lo que estaba ocurriendo necesitaba una secretaria en la que pudiera confiar. Sin embargo, sabía que era egoísta por su parte retenerla porque la necesitaba.

–Espero que no pensaras que estaba extralimitándome –murmuró ella, algo apagada de repente–. Me gusta trabajar para ti; es solo que…

–Es natural que pienses en el futuro –la interrumpió él–. Y me alegra saber que tienes grandes aspiraciones. Tienes mucho que ofrecer –lo alivió verla sonreír de nuevo–. Ya hablaremos de tu futuro en la empresa cuando las cosas se hayan calmado un poco.

Ella asintió. R. J. se sintió mal por no querer posponer esa conversación, pero no quería hablar de cosas en las que no quería pensar en ese momento, y menos cuando se suponía que habían ido allí para relajarse.

Charlaron de otros temas menos peliagudos, como su música favorita, o sus sitios preferidos de Charleston. Cuando terminaron de cenar la negra oscuridad de la noche ya los había envuelto por completo.

Brooke lo siguió al salón. R. J. encendió la cadena de música, puso un CD en la pletina y poco después la voz de Ella Fitgerald, suave y sensual, inundó el ambiente. Alzó la vista hacia ella con una sonrisa.

–He pensado que podríamos bailar.

Brooke sintió un cosquilleo en el estómago.

–Claro, ¿por qué no?

Al bailar estarían más cerca el uno del otro. Y esa proximidad haría que…

R. J. le rodeó la cintura con los brazos, y cuando

la atrajo hacia sí Brooke pudo sentir el calor de su cuerpo a través de la fina camisa que él llevaba. Los músculos de la espalda se movían bajo sus manos mientras bailaban al ritmo de la música.

Cuando la canción terminó empezó otra, y siguieron girando lentamente por el salón, pegados el uno al otro. No se le hacía raro en absoluto estar bailando de esa manera con R. J. De hecho se sentía cada vez más relajada, aunque al mismo tiempo el deseo estaba extendiéndose por todo su ser. Poco después de que empezara la tercera canción los labios de R. J. rozaron los suyos, y pronto sus labios se fundieron y sus lenguas se encontraron e iniciaron su propia danza.

Con el pecho pegado contra el de él, Brooke sintió que se le endurecían los pezones, y sus caderas empezaron a contonearse rítmicamente mientras las manos de él le recorrían la espalda.

Al llegar a la quinta canción estaban los dos tan entregados al beso que sus pies se detuvieron y Brooke notó los dedos de R. J. tirándole de la blusa para sacársela de los vaqueros, y a continuación se deslizaron por su piel. Se estremeció de placer, y sus manos buscaron la cinturilla de los pantalones de él.

Pronto estaban los dos desabrochándose la camisa el uno al otro para volver a apretarse luego, piel contra piel. La música seguía sonando mientras R. J. la condujo hasta el sofá, y entre los dos se deshicieron de sus vaqueros. Todo su cuerpo palpitaba de deseo.

La cremallera de los pantalones de él se atascó cuando estaba intentando bajarla, y sintió tal frustración que le habría resultado gracioso si no estuvieran tan… ¡desesperada!

Por suerte R. J. consiguió acabar de bajar la cremallera rebelde y se quitó los pantalones. En cuestión de segundos estaban los dos hechos una amalgama de brazos y piernas en el sofá. Brooke no podía creerse que estuviese semidesnuda en un sofá con R. J. Kincaid. Por un instante se preguntó si no estaría soñando, pero el aliento de R. J. en su cuello era demasiado real, igual que los dedos que se deslizaron dentro de sus braguitas y los labios que se cerraron sobre un pezón a través del encaje del sujetador. Brooke aspiró por la boca cuando succionó, desencadenando un cosquilleo eléctrico que la recorrió de arriba abajo. Enredó los dedos en su corto cabello y se abandonó a las deliciosas sensaciones que estaba experimentando, arqueando la espalda y empujando su pelvis contra la de él.

El también tenía aún puesta la ropa interior, pero podía sentir su erección a través de los boxers de algodón. Tiró de la cinturilla elástica, y cuando tomó su miembro erecto en la mano, la sorprendió lo duro que estaba ya.

–Vamos al dormitorio –la instó R. J. con voz ronca por el deseo.

Sin esperar una respuesta por parte de ella, la alzó en sus fuertes brazos, la llevó al dormitorio y la depositó con cuidado sobre la cama.

–Eres tan preciosa… –murmuró.

Le acarició el hombro con el dorso de la mano, y su mano descendió por el pecho, rozando el sujetador brevemente. Cuando llegó a las minúsculas braguitas enganchó en ellas los dos pulgares y se las bajó muy despacio, devorándola con la mirada.

Brooke esperó impaciente a que se las sacara, y en cuanto él se irguió y se inclinó hacia ella para quitarle también el sujetador, se incorporó para que pudiera desabrochárselo con más facilidad. R. J. besó ambos pezones y los humedeció con un lametazo. Brooke, a quien empezaba a faltarle el aliento, le bajó los boxers hasta los muslos y él acabó de quitárselos.

Al fin desnudos los dos R. J. subió a la cama y se tumbó sobre ella para besar cada centímetro de su rostro mientras le susurraba lo hermosos que eran sus ojos y lo suave que era su pelo. Aquellos sencillos cumplidos la hicieron sentirse como una diosa. Dejó que sus manos recorrieran a placer los musculosos brazos y la espalda de él.

R. J. la penetró con una delicadeza exquisita, besándola mientras se hundía en su interior. Brooke se arqueó hacia él, deleitándose en la sensación de tenerlo dentro de sí y de sus fuertes brazos rodeándola.

–¡Oh, R. J.! –suspiró. Llevaba años esperando ese momento.

Él empezó a moverse y cuando Brooke alzó el rostro la sorprendió la intensidad de su mirada.

–Eres una mujer increíble –le susurró él.

¿De verdad lo era?, se preguntó ella. Desde luego en ese momento se sentía increíblemente bien; se sentía especial. O tal vez fuera solo aquella locura que parecía haberse apoderado de ambos desde esa noche en la oficina.

–No es verdad –replicó. No quería que R. J. le hiciera el amor a una mujer que había fraguado en su imaginación y no tenía nada que ver con ella, con la verdadera Brooke Nichols–. Soy yo… simplemente yo.

R. J. dejó de moverse y cuando sus ojos se encontraron a ella volvió a dejarla sin aliento la intensidad de su mirada.

–Por eso eres increíble, por ser simple y sencillamente tú: la mujer más hermosa, dulce, capaz, sexy e irresistible que he conocido.

Ella soltó una risita.

–¡Menuda ristra de adjetivos!

–La cuestión es que eres única –R. J. la besó en la mejilla y en la punta de la nariz, haciéndola reír de nuevo–. Y me siento muy afortunado de estar aquí, haciendo el amor contigo.

El miembro de R. J. se movió dentro de ella, volviendo a arrancarle una risita, aunque también la hizo estremecer de placer.

Comenzaron a besarse de nuevo, y R. J. la hizo rodar con él hasta que quedó sentada a horcajadas en su regazo. Las manos de él recorrían su piel, sus piernas la rodeaban, su lengua se enroscaba con la de ella… Sintió un repentino impulso de gritar que lo amaba. ¿Era solo por el sexo?, se preguntó mientras se movía, subiendo y bajando. «Te quiero, R. J.…».

Aunque lo pensó no dejó que sus labios pronunciaran esas palabras. No quería que él se sintiera presionado y arruinar aquel hermoso instante. Nunca se había sentido tan unida a nadie y quizá jamás volvería a sentirse así.

El clímax llegó de un modo gradual, en pequeñas oleadas de placer que fueron *in crescendo*, hasta explotar como una gran ola rompiendo contra las rocas.

R. J. se unió a ella con largo gemido, y cuando Brooke se derrumbó sobre él la rodeó con sus brazos.

—No recuerdo cuándo fue la última vez que me sentí tan maravillosamente bien —murmuró acariciándole la espalda—. Eres un auténtico milagro.

Brooke se sentía como si el corazón fuera a estallarle de felicidad. Casi podía imaginarlos viviendo juntos como pareja. Habían trabajado codo con codo durante cinco años y siempre se habían llevado bien, nunca habían discutido, y R. J. respetaba sus opiniones.

—Hice bien en sacarte de esa reunión y emborracharte con el whisky —bromeó.

—Ya lo creo. Y es algo que no se habría atrevido a hacer cualquiera —dijo él, y la besó en la mejilla—. Eres una mujer muy valiente.

¿De verdad lo era?, se preguntó ella. Bueno, desde luego probablemente pocas mujeres harían una locura como irse de fin de semana con su jefe. Las dudas empezaron a asaltarla de nuevo. ¿Qué pasaría cuando volviesen el lunes a la oficina? ¿Se comportaría R. J. de un modo afectuoso con ella, o la trataría de nuevo solo como a su secretaria? ¿Y qué haría si la besase delante de otros empleados?

Se sonrojó solo de pensar en ello. Le encantaría que eso pasara, naturalmente, porque se sentiría orgullosa y feliz siendo la novia de R. J. Kincaid, sería como un sueño hecho realidad.

A la mañana siguiente Brooke se despertó con una extraña mezcla de ilusión y ansiedad. Iban a pasar dos días enteros juntos, sin interrupciones, y estaba impaciente por que el primero comenzara, pero por otro lado… ¿Y si resultaba que no tenían nada de qué hablar? ¿Y si R. J. se aburría con ella?

–Buenos días, preciosa –murmuró este besándola en el cuello.

Aquel pequeño beso la hizo estremecer de placer y disipó sus dudas.

–Buenos días. ¿Has dormido bien?

–No había dormido mejor en toda mi vida. Eres la mejor medicina del mundo.

Brooke sonrió.

–Me alegro. Lo de anoche fue increíble.

R. J. la besó en la mejilla.

–Mejor que increíble; eres una caja de sorpresas, Brooke. No imaginaba que pudieras ser tan sensual.

–Bueno, en la oficina trato de mantener mi lado salvaje bajo control –bromeó ella guiñándole un ojo–. No sería apropiado.

–Me da la impresión de que hay un montón de cosas que no sé de ti.

–Seguro que no tantas –replicó ella. No quería que pensara que era una especie de fascinante Mata Hari y luego acabase decepcionado–. Lo que pasa es que hay facetas de mí que no se ven con la luz de los fluorescentes de la oficina.

R. J. bajó la vista a su cuerpo y levantó la sábana para descubrir uno de sus senos.

–Pues a mí me parece que con cualquier luz eres preciosa.

El modo en que la miraba sí que la hacía sentirse preciosa, pensó ella.

–Pues yo no estaba segura de qué habría bajo esos trajes que llevas siempre a la oficina –le dijo deslizando un dedo por su pecho–, pero por tus músculos yo diría que haces pesas o algo así.

–Nada de eso. Pero juego mucho al tenis y al squash.

–Yo jugaba al tenis en el instituto –le confesó ella con timidez.

La verdad era que había sido la estrella del equipo, pero al empezar la universidad lo había dejado porque no quería que nada la distrajese de sus estudios y además trabajaba al mismo tiempo.

–¿En serio? Pues un día tenemos que jugar un partido. Podemos ir al club cuando volvamos.

¿Al club? ¿Al exclusivo club de campo del que ser socio costaba más de cincuenta mil dólares al año? Brooke tragó saliva.

–Hace años que no juego. Seguro que ahora no

sería capaz ni de mandar la pelota al otro lado de la red.

–Tendremos que averiguarlo. Además, el tenis es como montar en bicicleta; nunca se olvida. Después de diez minutos o así te sentirás como si nunca hubieras dejado de jugar.

–Bueno, tal vez si no me lo pones muy difícil… –murmuró ella deslizando el dedo hacia su vientre, que se contrajo con aquella caricia.

–Pues no sé… Los Kincaid no tenemos por costumbre ponerle las cosas fáciles al oponente.

–Ya. Os va más machacarlo y bailar sobre su tumba –al menos esa era la fama que tenían como hombres de negocios. R. J. la miró sorprendido, y Brooke se preguntó preocupada si habría dicho algo que no debía–. Bueno, no literalmente, por supuesto; solo quería decir que…

R. J. se rio.

–No te vuelvas atrás ahora, mujer. Eso es exactamente a lo que me refería. Perder no es algo que llevemos bien. No está en nuestros genes. Si no fuera así encajaríamos en la encorsetada sociedad de Charleston, donde siempre tienes que andar haciéndole la pelota a gente cuya tatarabuela llegó a bordo del Mayflower solo para que te inviten a sus fiestas. Nosotros somos incapaces de hacer eso.

–Pero tu familia es influyente y tiene dinero.

R. J. se rio de nuevo.

–Créeme, hay mucha gente en Charleston que nos desprecia por ser lo que ellos llaman nuevos ricos. A mí nunca me había molestado demasiado pero con todo lo que nos está pasando estoy más decidido que nunca a demostrarles quiénes somos.

–El Grupo Kincaid saldrá de esta tormenta –dijo ella con convencimiento–. Hasta ahora no parece mucho peor que cuando perdimos como clientes a los Martin.

–Aquello fue porque los Martin dejaron el negocio; esta vez los clientes nos están dejando para irse con la competencia. ¿Pero por qué estamos aquí desnudos hablando de negocios?

–Porque somos de esa clase de personas –contestó ella con una sonrisa.

R. J. enarcó una ceja.

–La verdad es que sí somos muy parecidos.

Brooke se encogió de hombros. No estaba segura de hasta qué punto eso podía ser cierto. A ella el no ser aceptada por la alta sociedad de Charleston no era una de las cosas que le quitaban el sueño. De hecho, si R. J. iniciara una relación con ella eso no lo ayudaría precisamente a ganar puntos de cara a esa gente, y al parecer era una gran preocupación para él.

–Sí que lo somos –insistió él, como si hubiese intuido sus dudas–. Los dos estamos al borde de convertirnos en auténticos adictos al trabajo, se nos da bien el tenis y ahora mismo estamos juntos en la cama.

Brooke se rio.

–Visto así… Pero no puedes decir que se me da bien el tenis cuando todavía no me has visto jugar.

–Te conozco lo bastante como para saber que no lo habrías mencionado si no fuera así.

–A partir de ahora tendré que tener cuidado con lo que diga; esperas mucho de mí.

–Solo porque nunca me decepcionas –le dijo él muy en serio.

–¿Nunca? Seguro que más de una vez tecleando me he equivocado en alguna palabra.

–Estoy hablando de ti como persona; puede que no te lo diga muy a menudo, pero creo que eres increíble.

Brooke sonrió de oreja a oreja.

–Bueno, me gustan los desafíos.

–Y a mí me gustas tú.

R. J. le mordisqueó suavemente el lóbulo de la oreja, haciendo que una ola de placer la invadiera. Pronto estaban besándose y acariciándose de nuevo y acabaron haciendo el amor con frenesí.

¿Haciendo el amor?, se preguntó Brooke. No, aquello era puro sexo, sexo salvaje. R. J. era tan apasionado que constantemente lograba llevarla a nuevas cotas de placer y excitación.

Esa vez alcanzaron juntos el orgasmo entre intensos gemidos, y terminaron riéndose sin aliento mientras trataban de liberarse de las sábanas, que se habían enredado a ellos como si tuvieran vida propia.

–Iba a sugerir que nos ducháramos juntos –dijo R. J.–, pero me temo que si lo hacemos acabaremos desayunando a las dos de la tarde.

–¿Qué vamos a tomar? No me suena que en la nevera hubiera nada para desayunar.

–Eso es porque no vamos a desayunar aquí. Voy

a llevarte a una cafetería estupenda que hay a unos pocos kilómetros; mi padre y yo íbamos siempre allí cuando veníamos a pasar unos días. Te encantará; es un sitio típico de montaña. Me ducharé yo primero y así luego tú puedes tomarte el tiempo que necesites.

Brooke no pudo resistirse a seguirlo con una mirada hambrienta cuando se bajó de la cama y cruzó desnudo la habitación. Tenía un físico impresionante: anchos hombros, brazos fuertes y musculosos... ¡y menudo trasero!

No sabía cómo iba a ser capaz de volver a trabajar con él a partir del lunes, pensó abanicándose cuando empezó a oírse caer el agua de la ducha. Y lo increíble que era el sexo con él... Tal vez el haber estado tantos años fantaseando con él había hecho que fuera aún más intenso de lo que había imaginado.

Le encantaba lo cariñoso que era cuando lo hacían, cómo le prodigaba tiernos besos y abrazos además de todas esas cosas que le hacía con los dedos y con la lengua. ¡Y qué cosas sabía hacer! Era hábil hasta para ponerse el preservativo en el momento justo para no interrumpir la acción. Debía haber tenido ya abierto el envoltorio antes de que empezaran siquiera.

Frunció el ceño al pensar aquello. Eso debía servirle de recordatorio de que R. J. no era un chico inocente en su primera cita. R. J. Kincaid debía haberse llevado a la cama a un buen número de mujeres, y sin duda ella no sería la última.

Sintió una punzada en el pecho y se dio cuenta de lo tonta que era al pensar en un futuro con él cuando apenas había empezado el fin de semana. ¿Quién sabía qué le depararía el futuro?

–¿Por qué esa cara tan seria? –inquirió R. J., reapareciendo en ese momento con una toalla liada a la cintura.

Una sonrisa le asomó a Brooke a los labios al verlo. ¿Qué mujer podría seguir seria con un cuerpazo semejante ante sí?

–Mucho mejor –dijo él.

El sitio al que R. J. llevó a Brooke a desayunar era una cafetería estilo años cincuenta en el que servía el propio dueño, que probablemente llevaba regentando el negocio todo ese tiempo.

Los trató como si hubiese ido a visitarle alguien de la realeza, y su nieta, que tendría unos siete años, le ofreció a Brooke un ramillete de flores silvestres que había recogido.

–Es usted muy bonita –le dijo.

–Gracias –respondió Brooke con una sonrisa–. Tú también. Y debo decir que estoy impresionada con la atención que recibe una aquí. No todos los días te hacen un cumplido y te regalan flores en el desayuno –cuando la niña se hubo alejado, le siseó a R. J. con una sonrisilla–: Me pregunto si su abuelo no le dará una propinilla para que haga esto de las flores y los piropos a las clientas.

–Bueno, yo diría que es una buena estrategia.

Quizá podríamos probarla con nuestros clientes –respondió él divertido–. Claro que ninguno es tan agraciado como tú y sonaría falso.

–¡Venga ya! –respondió ella sonrojándose. Habría protestado, diciendo que no era tan bonita, pero no quería que pareciera que estaba intentando que le hiciera un cumplido. La verdad era que nunca se había sentido tan bonita como en ese momento–. Por cierto, espero que no tengas planeado nada que sea muy cansado para esta mañana, porque después de este fantástico desayuno no estoy segura de poder moverme.

Beicon crujiente, huevos revueltos en su punto, panecillos recién horneados con mantequilla y mermelada...

–Iba a llevarte a hacer un poco de senderismo, pero si te apetece algo más tranquilo lo dejaremos para esta tarde. ¿Qué tal si vamos al lago un rato y hacemos como que pescamos?

–Me parece bien.

Cuando fueron a pagar, uno de los empleados de la cafetería les trajo una bolsa de papel con comida para llevar y otra de plástico con bolsas de hielo y latas de cerveza. Al parecer lo había pedido R. J., aunque Brooke no sabía cuándo lo había hecho.

Mientras R. J. metía el hielo y las cervezas en la neverita portátil del coche, Brooke se preguntó si haría aquello a menudo: llevarse a una mujer a la cabaña y quizá sobornar a la gente del lugar para que la colmasen de atenciones. Tal vez en ese mismo instante el dueño y los empleados de la cafetería estaban sacudiendo la cabeza, chasqueando la lengua y apostando cuánto le duraría esta. Ella misma estaba preguntándoselo.

R. J. le abrió la puerta del vehículo, haciendo gala de su caballerosidad, y ella subió. La verdad era que en esos momentos no se sentía en absoluto como su secretaria, y algo parecía haber cambiado en R. J. desde que habían llegado a las montañas. Por primera vez desde la muerte de su padre parecía relajado de verdad, y mientras que en las últimas semanas había estado hosco y malhumorado, ahora volvía a sonreír.

Ella también se sentía distinta. La noche de pasión que habían compartido le había despertado una sensualidad de la que nunca se había creído capaz. A pesar de que había tenido relaciones con varios hombres, nunca había experimentado tanto placer como con R. J.

¿Qué pasaría cuando llegara el lunes? ¿Volverían a ser jefe y secretaria? ¿O resultaría que no estaba soñando, sino que su sueño se estaba haciendo realidad? Lo malo era que, si no era así, si llegaba el lunes y aquello terminaba, solo le quedaría la agonía de saber cómo era lo que se estaría perdiendo... durante el resto de su vida.

Capítulo Cinco

Tras pasar la mañana pescando sin pescar nada a la orilla del río y dar cuenta de un suculento picnic, se fueron a pasear por el bosque.

A Brooke no dejaba de sorprenderle lo rápido que su relación había pasado de ser estrictamente profesional a... bueno, a algo que era cualquier cosa menos profesional.

Cuando regresaron a la cabaña sacaron una esterilla acolchada de camping al patio, y en ese momento estaban tumbados en ella, desnudos y tapados únicamente con una fin sábana. El cálido aire primaveral les acariciaba la piel, todavía húmeda por la apasionada sesión de sexo que acababan de tener. Mientras charlaban, R. J. dibujaba arabescos con un dedo en el vientre de Brooke, haciendo que un cosquilleo delicioso la recorriera y que le entraran ganas de reír.

Ella le había revuelto a él el cabello con los dedos, y algunos mechones caían sobre sus ojos, que habían vuelto a oscurecerse de deseo.

–Quizá no deberíamos volver a la ciudad –murmuró.

El vientre de Brooke se estremeció con sus caricias.

–No digo que no resulte tentador, pero…

–Venga, ¿tú crees que nos echarían de menos? –la interrumpió él con una sonrisa traviesa–. Que ese desagradable Jack Sinclair se quede con la compañía si quiere; tú y yo podemos vivir aquí, en los bosques, comiendo las truchas que pesquemos.

–Pero si no hemos pescado ni una trucha –lo picó Brooke. Sabía que R. J. solo estaba bromeando, aunque desde luego no le importaría quedarse con él allí el resto de su vida: no más atascos cuando iba por la mañana a la oficina, no más tomar notas en las reuniones…–. Es más, las truchas ni han aparecido.

–Pues recolectaremos bayas –insistió él con otra sonrisa juguetona.

–¿Bayas? Bueno, supongo que si lo complementamos con pedidos a tu delicatessen favorito… –respondió ella jugando con un mechón del corto cabello de R. J.

Él se inclinó para besarla en el estómago.

–Nunca me había planteado una vida distinta de la que he llevado hasta ahora –le confesó–, pero últimamente, con todo lo que está pasando, no puedo evitar pensar que hay otras posibilidades ahí fuera –su rostro se ensombreció–. Y también he estado pensando que tal vez, por cómo dejó dispuestas las cosas en su testamento… tal vez quiso darme la oportunidad de explorar esas posibilidades.

¿Lo estaba diciendo en serio?, se preguntó ella anonadada. No podía imaginarse el Grupo Kincaid sin R. J., ni a R. J. fuera de aquella compañía que parecía ser más importante para él que la sangre que corría por sus venas.

Sin embargo, quería que supiera que, decidiera lo que decidiera hacer, contaba con su apoyo.

–¿Y qué te gustaría hacer, si pudieras hacer cualquier cosa?

R. J. deslizó la yema del pulgar por su muslo.

–Bueno, yo diría que ya lo estoy haciendo –la picó con una sonrisa traviesa–. Y quizá… quizá también haría esto… –inclinó la cabeza y le lamió un pezón, que de inmediato se endureció–. Y esto… –murmuró antes de besarla en los labios con exquisita ternura.

El corazón de Brooke palpitó con fuerza. R. J. hablaba como si acabara de descubrir al amor de su vida: ella.

«¡No te montes películas!», se reprendió. En aquel lugar paradisíaco era fácil olvidarse del mundo real, pero pronto tendrían que volver a él.

Después de otra deliciosa cena del botín que tenían en la nevera, vieron una película de suspense de Hitchcock. Brooke aprovechaba cada escena de miedo para abrazarse con fuerza a R. J., y disfrutó inmensamente pudiendo hacer algo tan mundano con el hombre que hasta hacía unos días le había parecido inalcanzable.

Después de la película compartieron un cuenco de helado de caramelo, intercalando las cucharadas con ardientes besos, y tras otra noche de pasión, al día siguiente, el domingo, no se levantaron casi hasta mediodía, y solo porque R. J. decidió que había llegado el momento de enfrentarse al sobre lleno de recuerdos que le había dejado su padre.

Cuando R. J. volvió a entrar en el estudio, lo hizo más calmado que el viernes, cuando habían llegado. Ese día, después de encontrar el sobre en el tercer cajón del lado derecho del escritorio, había cerrado la puerta del estudio, decidido a dejar sus preocupaciones a un lado y disfrutar del fin de semana con Brooke.

Al llegar el domingo, sin embargo, una cierta sensación de culpa lo invadió. La cena en familia los domingos era una tradición que los Kincaid habían mantenido durante años.

Todos se reunían en la casa paterna y compartían cena y se contaban unos a otros cómo les iba. Su padre, por desgracia, no volvería a sentarse con ellos a cenar, pero después del asesinato su madre había insistido en que debían continuar con la tradición aunque él ya no estuviera.

Como el mayor de los hermanos R. J. sabía que debería haber reunido a sus hermanos, pero con su madre en la cárcel no había estado de ánimo.

Aquel fin de semana con Brooke era un paréntesis necesario, pero había cosas que debía afrontar, como ese sobre de su padre, y decisiones por tomar.

Brooke había hecho tortitas mientras él preparaba café, y cuando terminaron de desayunar, ella, con el tacto que la caracterizaba, con la excusa de que iba a hacer un par de llamadas, salió al patio, dejándolo para que pudiera examinar a solas los contenidos del sobre del estudio.

Mientras sacaba el sobre del fondo del cajón se preguntó si su padre lo habría preparado en un momento, con la eficiencia que lo había caracterizado siempre, o si habría pensado cuidadosamente lo que había metido en el sobre.

Inspiró profundamente y lo vació sobre la mesa. Entre los papeles amarillentos había un folio blanco doblado a la mitad. Lo tomó y lo desdobló.

Tragó saliva al ver la letra de su padre. Otra carta. La carta que le había entregado el abogado en la lectura del testamento y que tan apresuradamente había leído le había dejado una herida en el corazón, y sospechaba que releer la que tenía en sus manos reabriría esa herida y la haría más profunda.

«Aunque llevas mi nombre, la verdad es que no eres mi primogénito». Había escrito su padre en la otra carta. Había visto a Angela y a sus dos hijos en el funeral de su padre, pero se había negado a creer los rumores que corrían acerca de ellos.

Esa primera y breve frase había sido un auténtico mazazo para él. Desde su nacimiento había sido Reginald Kincaid junior. Durante toda su vida solo había soñado con ser como su padre, un hombre orgulloso de su familia, con éxito en los negocios y en todo lo que intentaba.

En aquella carta su padre le revelaba que no era el hombre que todos habían creído que era. Que hubiera tenido un hijo antes de casarse era una cosa. Además, como explicaba en la carta, hasta varios años después de que naciera no había sabido siquiera que tenía un hijo. Sin embargo, el que hubiera retomado la relación con la madre de ese niño y que los hubiese mantenido como a una segunda familia… eso iba más allá del adulterio y casi entraba en el terreno de lo penal porque prácticamente podía decirse que había sido bigamia.

Apartó esos pensamientos de su mente y comenzó a leer la carta, de casi dos páginas.

Querido Reginald:

En la vida uno toma decisiones todo el tiempo, y como ahora sabes yo tomé unas cuantas que muchos desaprobarían. Puede que estés enfadado conmigo, y conociendo como conozco tu honradez y tu orgullo apuesto a que lo estás. Cuando leas esta carta ya habrás tenido algo de tiempo para pensar en cómo te afecta todo esto, y más que ninguna otra cosa quiero que seas consciente de que tú puedes elegir.

A mí mis padres no me dejaron elegir cuando me prohibieron que me casara con Angela Sinclair, la mujer a la que amaba.

R. J. se mordió la lengua para no soltar un improperio. ¡Cómo deseaba no haber oído nunca el nombre de esa mujer ni de su condenado hijo!

Siendo como era un hijo obediente, no me casé con ella. En vez de eso me marché, alejándome de mis padres, de sus planes y las esperanzas que tenían puestas en mí. Como sabes, el tiempo que pasé sirviendo en el Ejército fue algo decisivo en mi vida, que me ayudó a forjar mi carácter como el fuego templa el acero. Recuerdo esa época con orgullo, pero también con arrepentimiento.

En el sobre en el que está esta carta habrás encontrado también un anillo. Lo llevé durante muchos años como símbolo de mi dedicación a la unidad a la que pertenecí. Cuando ingresé en el Ejército pretendía escapar de mi vida anterior e iniciar una nueva en la que solo yo tomara las decisiones.

También habrás encontrado mi licencia de piloto, ya que siempre me picabas con que era un invento mío. Como ves esa licencia existe, y es real, tanto como otras cosas en mi vida de las que no me siento tan orgulloso.

Una huida no es más que un espejismo. No importa hasta dónde llegues corriendo, ni lo rápido que corras. Hay cosas que te persiguen allá donde vayas, como quién eres y lo que has hecho, y antes o después tienes que enfrentarte a ellas.

Cuando volví a casa descubrí que mis padres habían estado esperándome y preocupándose cada día por mí. Esa vez obedecer sus deseos de casarme con la chica adecuada y formar una familia me pareció una huida más llevadera. Así fue como conocí y me casé con vuestra maravillosa madre.

No podía ser más feliz. Apenas pensaba en lo que había dejado atrás… hasta que descubrí de un modo casual que la mujer a la que una vez había amado había traído al mundo a un hijo mío y lo había estado criando sola en mi ausencia.

Para entonces tus hermanos y tú ya habíais nacido y

sabía lo que era el vínculo afectivo entre un padre y su hijo y era consciente de los deberes que conlleva la paternidad. Espero que algún día comprendas que de ningún modo habría podido darle la espalda a un niño que era sangre de mi sangre.

Cuando me reencontré con Angela sentí que la pasión que había habido entre nosotros resurgió con toda la fuerza que había tenido y que tanto me había esforzado por reprimir en mis intentos por ser un buen hijo.

No seas un buen hijo, R. J.

Toda tu vida has hecho lo que se te ha dicho. Tu madre y yo escogimos con esmero para ti los mejores colegios y te preparamos para que en el futuro te pusieras al timón del Grupo Kincaid. Nunca te preguntamos qué era lo que tú querías. R. J., hijo mío, quiero que aproveches esta oportunidad para buscar en tu interior y decidir qué es lo que quieres hacer con tu vida.

R. J. soltó una palabrota entre dientes y arrojó la carta sobre la mesa. Era muy arrogante por parte de su padre dar por hecho que había obedecido ciegamente en todos los planes que habían trazado para él. Había superado sus estudios con éxito gracias a su esfuerzo y dedicación, y lo que había hecho lo había hecho porque había querido.

Había conocido a muchos compañeros que habían contado con las mismas ventajas que él y habían abandonado a medio camino para perseguir otros sueños. Si hubiera querido habría podido irse a Jamaica y abrir una tienda de tablas de surf. Pero no lo había hecho porque había elegido vivir la vida que llevaba. Desde siempre su ambición había sido ponerse algún día al frente del Grupo Kincaid y hacer que siguiera creciendo y consolidándose. Y entonces, de repente, su padre le había hecho aquella jugarreta, poniéndole prácticamente en bandeja la compañía a Jack Sinclair, su hijo ilegítimo.

Aunque le hervía la sangre de ira y de frustración, retomó la lectura de la carta.

Lo que ha definido mi vida, hijo, es que amé a dos mujeres.

En vida nunca reconocí al hijo que tuve con Angela porque le di demasiada importancia a mi estatus social. Quería que siguieran invitándome a esas fiestas a las que iba la gente importante, seguir siendo miembro del exclusivo club náutico al que pertenecía, continuar siendo un miembro influyente de la sociedad de Charleston.

R. J. resopló. Su padre siempre le había dado mucha importancia a lo que pensaban los demás. Más de lo que debería haberlo hecho un hombre que había llegado donde había llegado gracias a su esfuerzo. Probablemente se debía a que los Kincaid nunca habían estado en el escalón más alto de la sociedad de Charleston. La familia de su madre en cambio sí, y seguramente ese era el principal motivo por el que su padre se había casado con ella.

No me siento orgulloso de algunas de las decisiones que he tomado. Durante muchos años he cargado con el sentimiento de culpa por no haberos hablado de Angela ni de

sus hijos. Con lo que he dispuesto en mi testamento preten-
do reparar a Jack por las cosas que hice mal. Por mi culpa
creció marcado por ser el hijo de una madre soltera, y sin
muchas de las ventajas de las que tú disfrutaste. Dándole
la mayor parte de las acciones del Grupo Kincaid pretendo
darle las oportunidades que se le negaron cuando era un
muchacho.

Soy consciente de que esto te puede parecer injusto, pero
también estoy seguro de que comprenderás mis razones y de
que eres lo bastante fuerte como para salir adelante y cose-
char el éxito, ya sea en la compañía o fuera de ella.

Si estás leyendo esta carta es porque estoy muerto, ya
sea por causas naturales o no. La escribí porque necesita-
ba explicarme contigo cuando hubieras podido reflexionar
un poco acerca de lo que se dispone en mi testamento. Y es
que, conociéndote como te conozco, sospecho que rompiste
mi primera carta y la echaste al fuego.

Te quiero, R. J., y estoy orgulloso de ti.

Papá

R. J. se dejó caer en el sillón de cuero. La ira se
le había evaporado y había ocupado su lugar una
tristeza punzante. Su padre no lo había conocido
tan bien como había creído. Lejos de romper su
primera carta, la había llevado consigo desde el día
en que la había recibido de manos del abogado. ¿Y
si resultaba que ni siquiera había sabido cuánto lo
quería? Lo cierto era que a ninguno de los dos se
les había dado bien expresar sus sentimientos, y
tampoco se habían prodigado en abrazos el uno
con el otro.

Y a pesar de que estaba enfadado por las decisiones… no, por los errores estúpidos que su padre había cometido, daría cualquier cosa por poder volver a verlo aunque solo fuera una vez más.

Sin embargo ni la vida ni la muerte funcionaban así. Dobló la carta de nuevo y volvió a meter todas las cosas en el sobre.

Su padre le daba en esa carta su permiso –quizá incluso podría decirse que lo animaba– para que dejase el Grupo Kincaid si era lo que quería. Podría empezar una nueva vida, incluso en otra ciudad.

Le produjo vértigo pensar en las posibilidades ilimitadas que se abrían ante él, en los distintos rumbos que podría tomar su vida. Pero en ese momento lo único que quería era volver a ver la preciosa sonrisa de Brooke.

–¡Brooke! ¡Me prometiste que me lo contarías todo! –protestó Evie exasperada.

Brooke se alejó el teléfono de la oreja.

–Eso estoy intentando hacer. Además, el fin de semana aún no ha acabado. Estoy sentada en un patio con las vistas más increíbles de las Great Smoky Mountains que te puedas imaginar.

La bruma de la mañana ya se había evaporado, dejando una vista cristalina de las laderas cubiertas de bosque y un cielo de un azul intenso como telón de fondo.

¿Cómo podría describirle a su amiga lo que había experimentado en los últimos dos días?

–No es más que un fin de semana romántico; en fin, ya sabes a qué me refiero –dijo queriendo quitarle importancia.

–¿Pero lo habéis hecho o no?

–No, hemos estado meditando juntos.

–¡Brooke, para ya! De acuerdo, tal vez mi pregunta ha sido algo cruda. ¿Habéis dormido juntos?

–Sí, eso también lo hemos hecho. R. J. tiene el sueño muy profundo, y justo antes de despertarse hace un ruido adorable, como un ronroneo –contestó Brooke, y una visión de su pecho subiendo y bajando acudió a su mente.

Esa mañana había estado observándolo casi una hora muy quieta, por temor a despertarlo y no poder seguir regalándose la vista. Cuando dormía tenía un aspecto vulnerable que lo hacía irresistible.

–¿Y cuándo vais a volver a veros?

–Imagino que mañana por la mañana en la oficina, cuando vaya a llevarle el correo –respondió Brooke, aunque sabía que lo que Evie estaba preguntando era si iba a haber más fines de semana como aquel.

–Umm... imagínate: hacerlo con él apasionadamente encima de la mesa de su despacho... los papeles cayendo al suelo y el teléfono sin parar de sonar.

–Prefiero no imaginármelo –dijo Brooke sonrojándose–; eso no va a pasar.

–No digas «de esta agua no beberé». ¿Quién te iba a decir hace unos días que ibas a besarte con él en su despacho y luego iba a invitarte a un fin de semana en las montañas?

–No me lo habría imaginado jamás, aunque no negaré que había fantaseado con ello.

–¿Lo ves? A partir de ahora cualquier cosa es posible. Antes de que acabe el año podrías haberte convertido en la esposa de R. J. Kincaid.

–Lo dudo mucho. Los Kincaid le dan mucha importancia al estatus social, y yo no solo soy hija ilegítima, sino que además no tengo una gota de sangre azul en mis venas. El padre de R. J. no se casó con su amante porque no era de la clase social adecuada, y me temo que las cosas en la familia no han cambiado mucho desde entonces.

–Tonterías. Estoy segura de que R. J. está loco por ti, y con la seguridad que dices que tiene en sí mismo dudo que le preocupe lo que los demás puedan opinar de su encantadora futura esposa.

–¡Para ya con eso, Evie! ¿No fuiste tú quien me aconsejó que fuera despacio por si al final todo acababa en lágrimas?

–Sí, pero es que ya que te has lanzado de cabeza a la piscina y no hay vuelta atrás, si yo fuera tú disfrutaría el momento, y si luego tienes que echar unas lagrimitas las echas… ¡pero que te quiten lo bailado! Oye, y ahora que me acuerdo: ¿le encontraste ya un regalo de cumpleaños a tu madre?

Brooke dio un respingo.

–¡No puedo creer que lo haya olvidado! ¡Y es mañana! ¡No, es hoy! ¡Y ni siquiera la he llamado…! Ay, Dios… Y si se suponía que íbamos a salir a cenar juntas…

Desde aquel beso en el despacho de R. J. no sabía dónde tenía la cabeza. Se despidió de Evie, colgó, y llamó a su madre. Mientras hablaban oyó la puerta corredera abrirse detrás de ella, y vio salir a R. J. Lo saludó con la mano, y terminó la conversación diciéndole a su madre que hiciese una reserva en el restaurante que prefiriese.

–Te he echado de menos –murmuró R. J. rodeándola con sus brazos por detrás.

–No nos hemos separado más de veinte minutos.

–Pues se me han hecho una eternidad… –R. J. la besó en el cuello y apoyó la cabeza en su hombro un momento.

–¿Estás bien? ¿Has leído la carta? –inquirió Brooke volviéndose hacia él.

–La he leído. Parece ser que lo que mi padre dispuso en el testamento era su forma de darme permiso para que abandonara todas mis responsabilidades en la compañía y que puedo hacer con mi vida lo que me plazca –dijo R. J. irritado. Exhaló un profundo suspiro y la miró a los ojos–. Lo único que puedo decirte ahora mismo es que le doy gracias a Dios por tenerte a mi lado en este momento.

–No dejes que te afecte. Quizá podríamos ir a dar un paseo por el bosque para que liberes un poco de estrés.

Los ojos de R. J. brillaron traviesos.

–Se me ocurren otras formas de liberar estrés…

A diferencia del vuelo de ida, Brooke no sintió nada de nervios en el vuelo de regreso a Charleston. Después de aquel increíble fin de semana tenía la sensación de que con R. J. a su lado sería capaz de dar la vuelta al mundo.

Ya de regreso en su apartamento se dio una ducha y se vistió para ir a cenar con su madre. Mientras decidía qué ponerse no pudo evitar volver a acordarse de lo que le decía siempre: «Tienes un cuerpo estupendo; deberías enseñarlo un poco más». Así era Barbara Nichols, una mujer cuya vida giraba en torno a los hombres y a ser admirada por ellos.

De camino a su casa entró en una joyería y le compró el brazalete más caro que podía permitirse.

Cuando llegó a casa de su madre esta ya estaba preparada.

–¡Oh, cariño, no tendrías que haberte molestado! –exclamó al abrir su regalo, y de inmediato el brazalete fue a unirse al resto de pulseras que llevaba en la fina muñeca.

–¿Y Timmy? –inquirió Brooke preguntando por su último novio, con el que llevaba casi dos años.

–Se ha mudado a Charlotte.

–¿Y eso?

–Su empresa lo ha trasladado a la planta que tienen allí –su madre se encogió de hombros, como si no le importara nada, pero a Brooke no le pasó desapercibida la tristeza en sus ojos.

–Con lo bien que estabais… ¿Has pensado en irte a Charlotte con él?

Su madre sacudió la cabeza.

–Dijo que era mejor que lo dejáramos estar. Empezó a hablar de tener hijos y esas cosas y... En fin, a mi edad yo ya no... –agitó la mano en el aire, como quitándole importancia de nuevo al asunto.

Claro que era de esperar que pasara lo que había pasado. Timmy tenía casi quince años menos que ella.

–Lo siento, mamá; la verdad es que me caía bien.

No era un hombre interesante, ni divertido, ni encantador, ni tampoco guapísimo, como R. J., pero siempre había tratado bien a su madre.

–Sí, bueno, ¿qué le vamos a hacer? Antes o después hay que pasar página. Quizá esta noche conozcamos al hombre perfecto, ¿quién sabe? He reservado mesa en Dashers, un bar nuevo que han abierto cerca de aquí.

Veinte minutos después, tal y como había imaginado, estaban sentadas las dos en un reservado con asientos de cuero negro, y su madre se había sentado de un modo estratégico, dejando las piernas fuera para que pudieran mirárselas todos los hombres que pasaran.

–Bueno, ¿y qué me dices de ti, cariño? –le preguntó–. ¿Sigues encerrándote en tu apartamento los fines de semana para leer y practicar yoga, o sales alguna vez al mundo?

Brooke se había dicho una y otra vez que sería mejor ocultarle lo de R. J. a su madre, pero aquella puya le soltó la lengua.

–La verdad es que estoy viendo a alguien.

Su madre puso unos ojos como platos.

–¿Con quién?, ¿alguien del trabajo?

Brooke tragó saliva.

–Em… pues sí, la verdad es que sí.

–¿No me digas que al final has conseguido ligarte a ese bombón de jefe que tienes? –su madre se inclinó hacia ella, como si estuvieran conspirando–. ¿No te lo he dicho yo siempre? Eres tan guapa que puedes gustarle hasta al hombre más rico de Charleston. Con que solo lucieras un poco más tus encantos… –añadió bajando la mirada al discreto escote de su blusa–. ¡Pero venga, no te quedes ahí callada! ¡Cuéntame más!

Brooke tomó un sorbo de su copa de vino.

–Es mi jefe, sí. Últimamente está bajo mucha presión con todo por lo que está pasando en su familia, y… bueno, supongo que podría decirse que le he servido de paño de lágrimas.

–¡Oh, Dios, un llorica no! No puedo soportarlos. Y además suelen beber como esponjas.

Brooke se rio.

–Cuando he dicho lo del paño de lágrimas no lo decía en sentido literal, mamá. Es solo que… pues eso, que su familia y él están pasando un mal trago. Imagino que te habrás enterado por los periódicos.

–Sí, claro, lo de que su madre mató a su padre y todo eso… ¡Qué espanto!

–La señora Kincaid no lo hizo; estoy segura.

–Bueno, los periódicos dicen que hay pruebas de que estuvo en la escena del crimen sobre la hora en la que se cometió. A mí me parece que tiene todas las papeletas de ser culpable.

Brooke se puso tensa al recordar la declaración que había hecho a la policía.

–Fue a llevarle la cena. O eso he oído –respondió.

No quería que nadie supiera que estaba implicada en la investigación. Al menos no hasta que hubiera encontrado la oportunidad de decírselo a R. J. ¡Si pudiera volver atrás en el tiempo y decirle a la policía que no había visto a nadie…!

–Es una mujer encantadora –añadió–. Muy callada y amable.

Su madre chasqueó la lengua.

–Las mosquitas muertas son las peores. Siempre ocultan algo. Cuando tienes un trabajo como el mío, y sé lo que digo porque llevo haciéndolo más de treinta años, aprendes un par de cosas sobre la gente –le aseguró. Como camarera se preciaba de haber alcanzado un profundo conocimiento de la psique humana–. Seguro que se pasó años y años de matrimonio siendo la mujercita buena y complaciente, y estalló cuando se descubrió que él había tenido otra familia durante todo ese tiempo –dio una palmada con las manos que hizo que Brooke diera un respingo.

–Pues yo estoy segura de que no fue ella –insistió–. El problema es que no parece haber nadie más que pudiera tener motivos para asesinar a Reginald Kincaid.

–¿Y qué me dices del hijo ilegítimo? Se dice que ha heredado un buen pico de su fortuna, ¿no?

Brooke asintió.

–Parece que fue quien salió ganando con lo que Reginald Kincaid dejó dispuesto en su testamento. Y por lo que sé no es lo que se dice un tipo simpático. Pero no le vayas a decir nada de esto a nadie, ¿eh? –a su madre le encantaba cotillear con sus clientes–. Al fin y al cabo también es parte de la familia. En cierto modo.

–Pues a mí me suena a que está resentido –frunció los labios y tomó un sorbo de su Manhattan–. Te apuesto lo que quieras a que fue él quien lo mató. Pero nos estamos yendo de la conversación: ¿vas en serio con Reginald Kincaid Junior, o no? –inquirió con una sonrisa.

Brooke se rio.

–Nadie lo llama Reginald; todo el mundo lo llama R. J.

–Es igual; tú no lo dejes escapar. No se te presentarán muchas oportunidades así en la vida.

–No sé si lo que hay ahora entre nosotros llegará a algún sitio, pero la verdad es que me gusta.

–Lo importante es que no dejes que te trate mal porque sea un chico rico. Aunque estoy segura de que no se lo consentirías. Mi Brooke tiene la cabeza bien puesta sobre los hombros –en ese momento llegaron los nachos que habían pedido. Su madre tomó uno y le dio un mordisco–. Yo no he tenido la suerte de echarle el lazo a un pez gordo como ese. Bueno, aún estoy a tiempo; todavía estoy de buen ver –añadió guiñándole un ojo–. Pero o mucho me equivoco, o tú pronto estarás viviendo como una reina.

–¡Mamá! –protestó Brooke azorada.

De pronto se imaginó a su madre presumiendo ante sus clientes de que su pequeña estaba saliendo con un ricachón de esos Kincaid de los que tanto hablaban los periódicos.

–Prométeme que no le hablarás de esto a nadie. Al menos de momento –le pidió.

–¿Me vas a privar del placer de presumir de ti? Oh… ¡mira que eres mala! –protestó su madre poniendo morritos–. Está bien, haré lo que pueda. Pero será mejor que anunciéis pronto el compromiso porque no sé si seré capaz de contener mi lengua mucho tiempo.

–Mamá… Solo hemos tenido una cita.

Su madre enarcó una ceja.

–Siempre puedes probar a decirle que estás embarazada.

–Si eso te hubiera funcionado a ti te habrías casado con mi padre, y ni siquiera llegué a conocerlo.

Su madre inspiró.

–Tienes razón. Lo había olvidado. No sé ni por qué te lo conté.

–Porque yo no hacía más que preguntarte y un día acabaste cediendo a la presión –contestó Brooke con una sonrisa–. Y porque sabías que era mejor que supiera la verdad a que siguieras contándome esas historias de que era un vendedor ambulante que volvería de Extremo Oriente algún día.

–Bueno, siempre pensé que eso era más emocionante que decirte la verdad, que tu padre es un exjugador de rugby que se está quedando calvo y regenta una zapatería en Fayetteville. Lo busqué en Facebook y puedo asegurarte que no está llevando bien el paso de los años. Aunque en su día fue muy guapo, desde luego.

–Y quizá nos hizo un favor a las dos al no quedarse contigo.

El día que le había contado la verdad, su madre había admitido entre lágrimas que se había ido de la ciudad el día que ella le había dicho, ilusionada, que se había quedado embarazada.

–Llevábamos saliendo seis meses, y yo daba por hecho que era cosa hecha que nos casaríamos y... –se encogió de hombros–. En fin, no conoces de verdad a las personas hasta que las circunstancias las ponen a prueba. Con respecto a tu R. J. Kincaid solo digo que tengas cuidado de no venirte abajo si cuando haya pasado la tormenta se olvida de ti. Y no pierdas tu trabajo por él. Si hay una cosa de la que me enorgullezca es que mi trabajo siempre ha estado para mí por encima de todo. Los hombres han entrado y salido de mi vida, pero el trabajo es lo que hace que puedas comer y vestirte ya tengas o no a un hombre a tu lado. No lo olvides nunca.

–No te preocupes, mamá –Brooke tomó un nacho y lo mordisqueó pensativa–. No lo olvidaré.

Capítulo Seis

–¡Que te has llevado a Brooke a la cabaña! –Matt, el hermano de R. J., se quedó mirándolo anonadado. Estaban a solas en el despacho de R. J. con la puerta cerrada–. R. J., la situación no es tan desesperada como para que tengas que trabajar también los fines de semana. Al final pude añadir a Industrias Larrimore a nuestra cartera de clientes. Eso debería empezar a darnos beneficios en cuanto…

–¡Pero qué dices! No la llevé allí para trabajar.

Al comprender, su hermano parpadeó.

–¿Brooke y tú…? ¿Y estás seguro de que es buena idea? Brooke es una empleada clave para la compañía, y ya sabes cómo eres con las mujeres…

R. J. frunció el ceño irritado.

–Pues no, no lo sé. ¿Cómo se supone que soy con las mujeres?

–Te entusiasmas demasiado.

–Pues sí, ¿y qué? Brooke es preciosa, es inteligente, es dulce y da unos abrazos fantásticos –R. J. no podía dejar de sonreír.

–Seguro que ella está diciendo lo mismo de ti –Matt enarcó una ceja–. ¿Vais a besaros en las reuniones y a escaparos por las tardes para daros un revolcón?

R. J. reprimió una sonrisilla.

–Aunque suena tentador, creo que los dos tenemos el suficiente autocontrol para mantener un cierto decoro profesional.

–¿Y qué pasará cuando te canses de ella?

–Eso no me lo puedo ni imaginar.

–Quizá sea que yo tenga más imaginación que tú. Sé lo que es cuando una relación se empieza a agriar. ¿Te das cuenta de que podría demandarte por acoso sexual y que podría ganar el pleito?

R. J. frunció el ceño.

–Brooke nunca haría eso.

–Esperemos que no. No podemos permitirnos otro escándalo ahora mismo. En fin… supongo que tendrás que casarte con ella –le dijo sin el menor atisbo de humor.

A R. J. se le encogió el estómago.

–Oye, oye… No te pases que solo hemos tenido una cita y hemos pasado juntos el fin de semana.

–¿Lo ves? Ese es el R. J. que conozco. Cuando te gusta una mujer durante un tiempo estás loco por ella, pero luego conoces a otra y se te pasa la fiebre que te había dado con la primera.

–Me da igual lo que digas. Con todo lo que nos ha ocurrido, últimamente siempre me pregunto qué más puede pasar, así que estoy decidido a aprovechar el momento –zanjó R. J.–. ¿Y vosotros qué?, ¿habéis ido a ver a mamá el fin de semana?

–El sábado y el domingo, como prometimos. Dice que está bien, pero yo la veo más delgada, y tiene mala cara. Tenemos que sacarla de allí.

–Cada día he llamado a la oficina del fiscal del distrito. Hoy ya van tres veces. Si tienen pruebas contra ella que las pongan sobre la mesa. No pueden mantener a alguien entre rejas sin un juicio. Además, no es como si estuviera acusada de un acto de terrorismo –dijo R. J., sintiendo una vez más que volvía a hervirle la sangre–. La secretaria del fiscal del distrito me dijo algo de un testigo, pero luego se cerró en banda y no quiso contarme nada más. Sabemos que nadie presenció el asesinato porque si no habríamos oído algo al respecto y sabríamos qué ocurrió. El detective privado que contraté está intentando romper ese muro de silencio que ha levantado la policía, pero de momento no ha obtenido resultados.

–Lily va ir a visitar otra vez a mamá esta tarde.

–Yo también, después de la reunión. Le he comprado los bombones que le gustan. Aunque me temo que no deben saber tan bien cuando estás encerrado en una celda minúscula y durmiendo al lado de un váter. Todo esto me pone enfermo.

–Lo sé; a mí me pasa igual –dijo su hermano–. Y respecto a lo de Brooke… lo entiendo. Esto es una pesadilla para todos, comprendo la tentación de buscar refugio en el calor de unos brazos femeninos –le dio una palmada en el hombro a R. J.–. Si tienes noticias de la policía o de la oficina del fiscal no dejes de decírmelo.

**

Brooke se alejó a toda prisa de la puerta del despacho de R. J. y volvió a su mesa con el corazón desbocado antes de que Matthew saliera.

Cuando la miró y le dirigió una sonrisa, ella solo acertó a tartamudear un saludo. Estaba segura de que tenía las mejillas como amapolas. No había podido resistirse a escuchar la conversación de R. J. con Matt mientras fingía que arreglaba unos papeles en un archivador alto que había junto a la puerta.

Había sentido como si a su corazón le hubiesen salido alas cuando había oído a R. J. decir esas cosas tan bonitas de ella, y luego se le había hecho añicos cuando Matt había sugerido que ella podía denunciarlo por acoso sexual si intentaba dejarla, y cuando había acusado a R. J. de haber caído en sus brazos solo para huir de sus problemas.

Matt había dejado abierta de par en par la puerta del despacho al salir, y cuando asomó la cabeza vio a R. J. sentado en su mesa revisando unos papeles. En ese momento alzó la vista hacia ella.

—¿Vas a demandarme por acoso sexual?

—Jamás —se apresuró a responder ella. ¿Sabría que había estado escuchando?

—Nunca digas de esta agua no beberé —contestó él enarcando una ceja—. La verdad es que tendrías motivos para hacerlo.

Brooke entró y cerró la puerta tras de sí.

—Lo que ha ocurrido entre nosotros ha sido algo consentido por ambas partes —le dijo en un tono de voz calmado y profesional, aunque el corazón le palpitaba con fuerza en el pecho. ¡Qué típico de él decir aquello sobre lo que cualquier otro habría querido correr un velo! Eso hizo que lo adorase aún más–. No me arrepiento.

R. J. se levantó y rodeó la mesa para ir junto a ella. Con el traje oscuro que llevaba tenía un aspecto muy elegante e imponía un poco, distinto del hombre sencillo de cuya compañía había disfrutado durante el fin de semana, pero igual de irresistible.

R. J. le rodeó la cintura con los brazos y la atrajo hacia sí para besarla. Un cosquilleo de placer le recorrió todo el cuerpo mientras deslizaba las manos por debajo de la chaqueta de él para acariciarle la espalda a través de la camisa de algodón.

–Esto de besarse en un despacho tiene su punto –murmuró R. J. antes de besarla en el cuello.

–Yo me siento como si estuviese haciendo una travesura.

–Lo es, es una travesura –dijo él apretándole suavemente las nalgas con ambas manos–. Y se me ocurren unas cuantas travesuras más que podríamos hacer.

Brooke dejó escapar una risita.

–¿No tienes una reunión a las diez?

–Puedo posponerla.

La expresión seria de R. J. hizo a Brooke reír de nuevo.

–Es una reunión con un posible cliente –dijo con voz dulce, deslizando un dedo por los botones de su camisa–. Una importante compañía con fábricas en China.

–Umm… Me lo estás poniendo muy difícil. Recordándome eso y a la vez tentándome de esa manera.

–Como secretaria tengo que insistirte en que vayas a esa reunión –respondió ella, y besó el hoyuelo que tenía en la mejilla–. Aunque eres tú quien decide si hacerme caso o no.

No podía creerse que estuviese siendo tan atrevida. La química que había entre ellos debía estar afectándole al cerebro.

–Iré solo si tú vienes conmigo –los ojos de él brillaban con humor porque sabía que lo habría acompañado de todos modos.

–¿Cómo puedo negarme si lo pones así?

R. J. la besó y cuando se apartó de ella a Brooke todavía le cosquilleaban los labios. Embriagada y algo falta de aliento, abrió la puerta y fue a por su portátil.

Todos los empleados de su planta debían haberse dado cuenta, ya de que había algo entre ellos, pensó nerviosa mientras se dirigía a su mesa. Y si no, se darían cuenta cuando viesen el rubor de sus mejillas o la expresión boba en su rostro.

¡Y R. J. se lo había soltado a Matthew así, como si tal cosa! ¿Pensaría contárselo a toda la familia? Seguro que los demás se preocuparían también con la idea de que le pusiera una demanda. Aquello a ella ni se le pasaría por la cabeza, pero su amiga Evie le había contado que en la empresa en la que ella trabajaba una mujer había hecho precisamente eso: demandar a su jefe cuando la había dejado. Y había ganado el pleito aunque la relación había sido consentida porque era su jefe directo y el juez había estimado que como tal no debería haber iniciado una relación con una empleada.

Durante la reunión se sentó al lado de R. J. como hacía siempre, porque a veces él necesitaba que le mostrase algún informe o cierto archivo en su portátil. Frente a ella había una rubia alta de carnosos labios que representaba a Xingha Corporation, una empresa china que fabricaba juguetes y que colocaba buena parte de su producción en los supermercados del país.

Junto a la rubia estaban los ejecutivos de la empresa, tres chinos vestidos con trajes grises que no hablaban inglés. De tanto en tanto ella se volvía hacia ellos para traducirles a su idioma las palabras de R. J. o de Matthew, que también estaba presente en la reunión.

–R. J. tienes que volver a visitarnos pronto en Pekín –le dijo–. Te encantarán las reformas que han hecho en tu hotel favorito, hay un jacuzzi en cada habitación.

Brooke se encontró pensando llena de ansiedad en los viajes que R. J. había hecho a Pekín, y preguntándose hasta qué punto habría intimado con aquella mujer, Claudia Daring.

–Pronto, pero ahora mismo las cosas aquí están un poco complicadas –dijo R. J.

–Eso he oído –Claudia se inclinó hacia delante y puso sus manos sobre las de él–. Es terrible. Si hay algo que yo pueda hacer… lo que sea.

Brooke se contuvo para no poner los ojos en blanco, aunque se le estaba revolviendo el estómago. Era evidente que había habido algo entre R. J. y aquella mujer.

Le lanzó a R. J. una mirada por el rabillo del ojo, preguntándose si se le habrían iluminado los ojos con la sonrisa que Claudia le dirigió antes de soltar sus manos y echarse hacia atrás de nuevo.

Matt estaba sentado un poco más allá. ¿Qué estaría pensando de aquella escena? Ella, si pudiera, se escondería debajo de la mesa.

No era que ignorara que no era más que la más reciente de una larga lista de conquistas de R. J. Kincaid. Después de trabajar cinco años con él no le había pasado desapercibido el hecho de que le gustaba tanto la compañía femenina como a James Bond.

–Imagino que recordarás –dijo Claudia alzando la barbilla– que finalizamos nuestro contrato con vosotros y nos fuimos con Danmar Shipping en 2009 por cuestión de tarifas. Pero tenemos entendido que ahora tal vez podríais ofrecernos unas tarifas más competitivas –concluyó enarcado una ceja.

–Así es –intervino Matt, aunque Claudia se había dirigido a R. J.–. Nos gustaría recuperar a Xingha Corporation como cliente y por eso queremos proponeros ciertos incentivos. Por ejemplo, sabemos de algunos de vuestros nuevos productos sensibles a los cambios de temperatura, y nosotros podríamos proporcionaros…

Matt siguió hablando, pero Brooke ya no estaba

escuchándolo. Estaba pendiente de Claudia, que no le quitaba los ojos de encima a R. J., y parpadeó con incredulidad cuando la vio lamerse ligeramente el labio superior. Probablemente trataba de ser un gesto sensual, pero a ella le hizo pensar en una serpiente.

Miró a R. J., y vio con espanto que sonreía.

—Discúlpenme —dijo.

Se levantó bruscamente de la silla y salió de allí a toda prisa, incapaz de soportar aquello ni un segundo más.

Una vez en el pasillo fue a refugiarse a los lavabos. La respiración se le había tornado agitada, y no la sorprendió ver en el espejo lo pálido que tenía el rostro y la rojez de su cuello. Eso solo pasaba cuando se sentía espantosamente humillada. ¿Cómo podía volver a la sala de juntas y soportar aquella reunión hasta el final? ¿Acaso había esperado que R. J. rechazara el flirteo de Claudia con desdén? ¿O más bien que le hubiera respondido: «Estaré encantado de volver a Pekín con mi prometida, Brooke Nichols», y que la hubiera señalado orgulloso con la palma de la mano?

Maldijo entre dientes. Aquello era lo que pasaba cuando dejabas volar demasiado tu imaginación. Incluso después de oír la conversación de R. J. con Matt solo se había quedado con la parte en la que le había dicho que no podía imaginarse que llegase a cansarse jamás de ella. Y después de decir eso estaba sonriendo a una ejecutiva de una empresa china que estaba tentándolo con un contrato como quien cuelga una zanahoria de un palo para hacer andar a un pollino.

Pero no podía quedarse allí; tenía que volver a la sala de juntas. Una cosa era hacer un descanso para ir al lavabo y otra esconderse allí hasta que terminara la reunión. Inspiró temblorosa, se humedeció las mejillas con agua fría y se las secó con una toallita de papel.

«Eres una profesional y puedes hacer esto», se dijo. «Quieres que el Grupo Kincaid recupere a este cliente porque te importa más el futuro de la empresa donde trabajas que lo que vayas a durar como ligue de R. J. Kincaid».

Aquello no la animó en absoluto, pero apretó los dientes y salió de los lavabos. Cuando entró de nuevo en la sala de juntas puso una sonrisa en su rostro y se sentó.

R. J. se volvió hacia ella.

—Brooke, hemos llegado a un acuerdo con Xhinga Corporation y vamos a salir a almorzar para celebrarlo. ¿Puedes reservarnos mesa en Montepeliano?

—Claro —dijo ella sin perder la sonrisa, aunque le dolían las mejillas—. ¿Para cuántas personas?

¿Iba a invitarla a ella también, o sería una reserva solo para él y su amiguita bilingüe? ¿Cómo podía ser que un fin de semana con R. J. Kincaid la hubiesen convertido de repente en una persona irracional y emocionalmente inestable?

—Para todos —R. J. paseó la mirada por la mesa de juntas—: Nueve.

Un rápido cálculo mental hizo que Brooke se diera cuenta de que sí la había incluido.

–De acuerdo.

Llamó e hizo la reserva en voz baja mientras los demás seguían hablando.

Estupendo. Ahora tendría que pasarse el almuerzo viendo a Claudia lanzándole miraditas a R. J. Y viceversa.

–Disculpa–le dijo R. J. a Claudia–. Necesito hablar un momento con mi secretaria.

Cuando la miró a Brooke el corazón le dio un vuelco. ¿Iba a amonestarla por haber huido en medio de la reunión? Su principal misión en las reuniones era tomar notas de lo que se hablaba, y era evidente que se había perdido la parte más importante: el momento en que habían cerrado el trato.

Por supuesto R. J. o Matt podrían ponerla al tanto de los detalles, pero era muy poco profesional por su parte haberse ausentado de esa manera.

Siguió a R. J. al pasillo, y este la llevó hasta una sala vacía. Una vez dentro, cerró la puerta. Cuando la miró, tenía el ceño ligeramente fruncido.

–Perdona que me marchara así, de repente, pero es que…

, Brooke no pudo terminar la frase porque los labios de R. J. le impusieron silencio, y se estremeció de placer cuando la asió por la cintura, atrayéndola hacia sí, e hizo el beso más profundo.

Un suave gemido escapó de la garganta de ella y una sensación de alivio se extendió por todo su ser. Sus uñas arañaron la fuerte espalda de R. J., y si no fuera porque estaban en la oficina le habría arrancado la chaqueta y la camisa para poder sentir su cálida piel.

R. J. despegó sus labios de los de ella y se echó hacia atrás con una sonrisa de oreja a oreja.

–Será mejor que no nos dejemos llevar demasiado; no he echado el pestillo.

Brooke se sonrojó.

–Perdón.

–Ya encontraremos un hueco para eso más tarde, te lo prometo –le dijo él. Había fuego en sus ojos azules–. Aunque me va a costar tener las manos quietas el resto de la tarde. Supongo que esa es la razón por la que dicen que tener un romance con alguien del trabajo no es una buena idea.

–Una de las razones –una sonrisa traviesa asomó a los labios de ella–. También hace que te cueste concentrarte en las reuniones.

–Pero también que el deseo de salir cuanto antes de una te haga esforzarte al máximo para cerrar un trato en un tiempo récord.

–Cierto: ¿cómo habéis conseguido cerrar el trato mientras yo estaba en el lavabo?

R. J. enarcó una ceja.

–Por haberte ido ya no lo sabrás –la picó yendo a abrir la puerta.

Le indicó con un ademán que saliera ella primero, y cuando pasó junto a él Brooke sintió como los dedos de él se deslizaban por su trasero. R. J. acababa de hacerle saber que a quien deseaba era a ella, y no a la sofisticada Claudia.

Brooke se sentía en el séptimo cielo mientras caminaban hacia el restaurante. Ni siquiera le importó que R. J. fuera charlando con Claudia. Ahora comprendía que si había estado utilizando su encanto personal con ella, había sido para conseguir cerrar ese trato, no porque quisiera llevársela a la cama, y se sintió un poco tonta y mezquina al recordar sus celos de antes.

Se dio cuenta de que Matthew le lanzaba de tanto en tanto a su hermano miradas preocupadas. ¿Temería tal vez que R. J. o ella desvelasen de algún modo su relación clandestina? Sabía que el Grupo Kincaid no podía permitirse otro escándalo, así que se aseguró de sentarse en el sitio más alejado de R. J.

Esa noche fue con R. J. a su casa, un apartamento moderno con unas vistas increíbles de la ciudad. Hicieron un pedido a domicilio a un restaurante tailandés, jugaron una partida de cartas de striptease, y acabaron haciendo el amor sin prisas en la enorme cama de R. J.

Luego, a medianoche, él le pidió un taxi para que la llevara a casa y pudiese levantarse allí y arreglarse para ir a trabajar el día siguiente.

El jueves, a sugerencia de R. J., dejó en su apartamento una bata y ropa para cambiarse para no tener que irse a casa, y ella empezó a llevar en el bolso maquillaje, un cepillo para el pelo y otras cosas.

Se le hacía raro ver su ropa colgada en el armario extra donde él tenía la ropa de primavera y verano.

–He decidido restaurar una tradición familiar

118

este fin de semana: la cena de los domingos en la casa familiar –le dijo R. J. a Brooke.

–¿En casa de tu madre?

–Sí. Puede que resulte raro que nos reunamos cuando ella no está allí, pero me insistió en que quería que lo hiciéramos. Llevamos haciéndolo desde que éramos niños, y creo que mi madre tiene razón en que no deberíamos dejar de hacerlo por lo que está pasando. Tenemos que mantenernos unidos. Además, será una buena oportunidad para que los conozcas a todos.

Ella lo miró con los ojos muy abiertos.

–¿Yo? No sé, no me parece que… Tus hermanos y tú tendréis muchas cosas de que hablar. Además, no quiero escandalizar a nadie. Seguro que les parece raro que estés saliendo con tu secretaria –dijo ella, y de inmediato se arrepintió de haber usado la palabra «salir».

–Matt ya lo sabe.

Brooke, que no quería reconocer que había escuchado su conversación, se limitó a decirle:

–No sé, creo que me sentiría fuera de lugar.

–Pues claro que no. Mi hermana Lily traerá a su prometido, Daniel; y Laurel, a quien ya conoces, traerá al suyo, Eli; y Matt traerá a su prometida, Susannah, y me parece que a ella también la conoces, ¿no?

–Sí, la conocí un día que vino con Flynn a la oficina porque iban a almorzar fuera los tres.

–Parece que el amor flota entre los Kincaid últimamente. Vamos, Brooke, tengo ganas de que los conozcas a todos.

–Está bien, de acuerdo –cedió ella finalmente, a pesar de que ya se notaba los nervios en el estómago de solo pensarlo.

Sin duda se preguntarían qué interés podría tener su hermano en alguien tan corriente como ella.

–Ya verás como les encantarás cuando te conozcan –R. J. la tomó por la cintura y la atrajo hacia sí–. Y estoy seguro de que a ti te encantarán ellos también.

Eso esperaba, se dijo ella para sus adentros, apretándose contra él y disfrutando de la sensación cálida y protectora de sus brazos en torno a ella. A cada día que pasaba estaba encariñándose más y más de R. J. Era tan considerado, tan apasionado, tan sexy, tan inteligente…

Dejó escapar un suspiro. Todo iba tan bien… ¿Por qué entonces tenía la sensación de que algo no tan grato le esperaba a la vuelta de la esquina?

Capítulo Siete

Brooke le dio muchísimas vueltas a qué detalle podría llevar para la cena del domingo, sobre todo teniendo en cuenta que no sabía cuál de los hermanos ejercería de anfitrión o anfitriona en ausencia de Elizabeth Kincaid. No quería llevar flores para que se marchitaran en una casa cerrada y vacía donde nadie las disfrutaría, así que finalmente se decidió por una botella de champán y un bol de cerámica pintado a mano lleno de dulce de leche.

Había quedado con R. J. en que se encontrarían allí, y cuando bajaba caminando, el nerviosismo le fue en aumento al ver cada mansión que pasaba, a cual más grande y elegante.

Cuando llegó a la impresionante residencia familiar de los Kincaid oyó voces a través de una ventana entreabierta.

–¿Me tomas el pelo? –era la voz de una mujer–. ¿Quién lo ha invitado?

–Yo –respondió otra–. Está haciendo un gran esfuerzo para convertirse en un miembro de la familia.

Brooke se detuvo. Por su tono parecían irritadas; no quería entrar en medio de una escena.

–Ni siquiera es pariente nuestro; Alan es hijo del segundo matrimonio de Angela.

–También invité a Jack, pero no recibí respuesta. Aunque puede que venga de todos modos.

–¡Por Dios, Kara! ¿Cómo se te ocurrió invitar a ninguno de ellos? –era la voz de R. J.–. Yo solo quería una cena tranquila en familia, como las que solíamos tener.

Su hermana debía haber invitado a los hijos de la otra familia del difunto Reginald Kincaid.

–Pues yo creo que deberíamos darle a Alan una oportunidad. Es muy agradable, e incluso ha mostrado interés en trabajar para el Grupo Kincaid. ¿Por qué no aprovechar la ocasión para conocerlo un poco mejor?

Brooke continuó sin atreverse a llamar, y fingió que estaba buscando algo en el bolso para hacer tiempo.

–Siempre has sido igual de blandengue –dijo R. J.–. Pero bueno, al menos Alan no ha heredado parte de las acciones de la compañía y no tiene nada que ver con los problemas que estamos teniendo.

–Exacto; no podemos tener nada en su contra, así que démosle una oportunidad. ¿Alguien ha traído champán?

Brooke decidió que aquel era el momento. Subió las escaleras de la entrada y llamó al timbre. R. J. la saludó con un cálido beso en la mejilla y la llevó hasta un amplio salón elegantemente decorado. Todo el mundo se levantó para darle la bienvenida y les encantó el detalle del champán y el bol de dulce de leche. Brooke respiró aliviada. Parecía que había empezado con buen pie.

R. J. pasó a hacer las presentaciones.

–Esta es mi hermana Lily –dijo señalando con un ademán a una bonita pelirroja.

Lily le estrechó la mano a Brooke con una sonrisa.

–Nos hemos cruzado alguna que otra vez en la oficina, cuando he ido a darle la lata a R. J. y a Matt, pero no nos habían presentado, ¿verdad? –comentó.

–Y este es Daniel, el prometido de Lily –continuó R. J.

Era un hombre alto y rubio de sonrisa cálida.

–¿Qué tal? –la saludó cuando se estrecharon la mano.

–Y esta es Kara, la organizadora de eventos de la familia –dijo R. J., presentándole a otra de sus hermanas.

–Y ahora mismo me estaba riñendo por cómo he planificado esta cena –le confió Kara con un brillo travieso en sus ojos verdes–. Confiad un poco más en mí; sé lo que estoy haciendo –le dijo a sus hermanos.

–Bueno, a Matt y al pequeño Flynn ya los conoces –continuó R. J., dirigiéndose a Brooke. Matt la saludó con un asentimiento de cabeza, y el chiquillo levantando la mano como si fuera un indio–. Y a Laurel también la conoces, por supuesto.

Laurel, otra belleza de pelo castaño rojizo que también trabajaba en la empresa familiar, la besó en la mejilla y le presentó a su prometido, Eli.

–Nos alegra que hayas podido venir. Y también el ver a R. J. más relajado últimamente gracias a ti –dijo dándole con el codo en plan juguetón.

–Bueno, es cierto que Brooke me está ayudando a ver las cosas con perspectiva –respondió R. J.

En ese momento volvió a sonar el timbre de la puerta. Los hermanos se miraron unos a otros.

–Debe ser Alan –siseó Laurel.

–Ya voy yo –dijo Kara con una sonrisa, y fue a abrir.

Brooke todavía no había conocido a ninguno de los dos hermanos Sinclair. No podía evitar sentir cierta curiosidad por qué clase de personas serían los hijos de la que había sido la amante de Reginald Kincaid.

Todos se giraron hacia la puerta cuando regresó Kara con un hombre rubio de estatura mediana y elegantemente vestido.

R. J. los presentó a Alan y a ella, y el hombre la saludó con una sonrisa y le estrechó la mano con firmeza antes de hacer lo mismo con el resto de los presentes.

–Estoy encantado de estar aquí. Ha sido muy amable por vuestra parte invitarme. ¡Qué salón tan bonito! –comentó admirando la estancia.

Brooke tenía la sensación de que lo había visto antes en alguna parte. Quizá había ido a la oficina por un motivo u otro. Tenía un cierto aire disoluto, como de profesor de universidad que se acuesta con sus alumnas.

«¿Pero qué estás pensando?», se reprendió. «Eres tan prejuiciosa como R. J. y sus hermanos. Dale una oportunidad». No sabía nada de él; solo que R. J. no lo quería allí.

—En realidad la casa ha sido restaurada en buena parte –comentó Lily–. Se caía a pedazos cuando la compraron nuestros abuelos paternos. La abuela se empeñó en que quería comprarla y se pasó años haciendo reformas para devolverle su esplendor original. Incluso compró muebles de época.

—Y por eso parece más un museo que una casa de verdad –murmuró R. J.

—En cierto modo es un museo –intervino Laurel–, un monumento a una época que la abuela adoraba. Siempre decía que le habría gustado vivir a principios del siglo XIX para poder llevar esos vestidos largos y pasarse tardes enteras jugando a las cartas.

—Pues es más o menos lo que hacía –dijo R. J. con sarcasmo–. A nuestra madre también le encanta reunirse con sus amigas para jugar a las cartas.

Se hizo un momento de silencio. Si duda todos estaban pensando en la pobre Elizabeth Kincaid, que estaba retenida en la cárcel del condado.

Alan se aclaró la garganta.

—Bueno, salta a la vista que vuestra abuela verdaderamente puso todo su cariño en reformar la casa. ¿Sería posible que alguno de vosotros me la enseñara? Me encantaría ver el resto de la casa.

—¿Cómo no? –se ofreció Laurel–. Lily, ¿la cena está lista ya?

—Casi.

—Deja que te eche una mano –se ofreció Brooke, ansiosa por poder ser útil.

Sabía que se sentiría mucho más cómoda haciendo algo que quedándose allí en el salón intentando meter baza en la conversación, sobre todo cuando seguramente los demás debían estar preguntándose qué estaba haciendo allí.

Cuando llegaron a la cocina había tres cazuelas de distintos tamaños hirviendo a fuego lento. También vio que en la encimera Lily había dispuesto todo lo necesario para hacer una ensalada.

–¿Te parece que vaya preparando yo la ensalada? –le preguntó.

–Estupendo; yo iré tostando los panes de ajo –dijo Lily. Arrancó un trozo de pan de una de las barras que había sobre la encimera y se lo metió en la boca–. Estoy en el segundo trimestre de mi embarazo y tengo hambre a todas horas.

–¡Qué emoción! –dijo Brooke–. ¿Sabes si será niño o niña?

Sacó la lechuga romana de su bolsa y empezó a echar las hojas en un colador.

–Todavía no. No hemos decidido si queremos saberlo o no. Es cierto que si lo sabes de antemano es más fácil elegir la decoración del cuarto del bebé y esas cosas, pero también he oído que hay gente que empieza a discutir antes incluso de que haya nacido por qué nombre le van a poner. Voy a disfrutar del embarazo y ya está.

Brooke lavó y escurrió las hojas de lechuga en el fregadero.

–Desde luego tener un bebé debe ser increíble. Traer una vida nueva al mundo…

–Es algo mágico –los ojos de Lily se iluminaron

mientras hablaba–. La verdad es que no entraba en mis planes quedarme embarazada, pero nos ha unido a Daniel y a mí mucho más de lo que hubiera creído posible –luego, bajando la voz, le preguntó–. Entonces, ¿R. J. y tú sois… pareja?

–Supongo que sí –respondió ella, entre nerviosa e ilusionada–. Pero solo hace dos semanas que salimos. Nunca pensé que esto fuera a ocurrir, pero… –se encogió de hombros.

Lily se puso seria.

–No quiero entrometerme, pero será mejor que os andéis con cuidado.

Brooke tragó saliva.

–¿Qué quieres decir?

–Pues que ahora mismo los medios de comunicación están muy pendientes de nosotros con todo lo que está pasando.

A Brooke se le pusieron las manos frías.

–No estoy segura de entender qué estás intentando decirme.

Lily se inclinó hacia ella.

–Me refiero a que si las cosas no funcionan entre vosotros… en fin, ya sabes, es importante no que no genere mala prensa para la familia y la empresa.

–¿Crees que si él rompiera conmigo, iría a hablar mal de él a la prensa?

Primero Matthew y ahora Lily… Parecía que todos los Kincaid sospechaban que sería capaz de traicionarlos. ¿Qué dirían si supieran lo que le había dicho a la policía sobre su madre? De pronto se sentía como una intrusa en aquella reunión familiar.

¡Si al menos se lo hubiese dicho a R. J...! Con todo lo que había pasado entre ellos difícilmente podía ya contárselo, y ese engaño por omisión la estaba devorando por dentro.

–¡No! Ninguno de nosotros piensa que vayas a causar problemas –se apresuró a asegurarle Lily, poniéndole una mano en el brazo–. Solo quería que estuvieras preparada para lo que pueda pasar y que intentes llevarlo con calma. Quiero a mi hermano, pero siempre ha jurado y perjurado que nunca se casará ni tendrá hijos.

A Brooke se le encogió el estómago. ¿De verdad había dicho eso? Si su hermana lo decía, debía ser cierto. Si se lo había contado había sido para prevenirla y que no acabara con el corazón roto.

Puso el colador en la encimera y empezó a cortar las hojas con manos temblorosas.

–Yo jamás os causaría ningún problema –le dijo en un tono quedo–. R. J. me importa, y también el Grupo Kincaid.

–Estoy segura de que sí –Lily volvió a inclinarse hacia ella y le dijo a modo de confidencia–: Todos hemos notado un cambio en R. J.; vuelve a ser él. La muerte de nuestro padre lo dejó muy tocado. Y creo que es gracias a ti; espero que las cosas os vayan muy bien.

A pesar de sus palabras, a Brooke no le pasó desapercibida la duda en su voz. Ella misma sabía que R. J. pasaba de una mujer a otra como quien se cambia de camisa. Debería agradecer que su hermana se lo hubiese recordado.

Lily sacó otro tema de conversación, y mientras seguían charlando y ella preparaba la ensalada, oyeron a Kara y a Alan acercándose por el pasillo.

–Y esta es la cocina –anunció Kara cuando entraron.

–Muy acogedora –comentó él mirando alrededor.

–¿Necesitáis que os echemos una mano? –le preguntó Kara a Lily y a Brooke.

–No, ya está todo listo –respondió Lily con una sonrisa–. Aunque podríais ayudarnos a llevarlo todo al comedor.

La larga mesa de caoba del comedor brillaba como un espejo, y estaba preciosa con los manteles individuales de lino, la antigua vajilla de porcelana y la cubertería de plata con que se había dispuesto. Era evidente que alguien se ocupaba de limpiar en ausencia de la señora Kincaid, pensó Brooke.

Alan, que acababa de sentarse, tomó su copa vacía y miró la inscripción que tenía en la base.

–¡Ajá!, lo sabía: la famosa fábrica de cristal Penrose Waterford –sonrió a los demás, que estaban tomando asiento–. Es un privilegio estar rodeado de todos estos tesoros.

–Resulta gracioso conocer a alguien que los aprecia de esa manera –dijo Laurel–. La verdad es que nosotros no le prestamos atención a esas cosas porque nos hemos criado con ellas.

El pequeño Flynn había agarrado la cuchara de su padre y estaba a punto de aporrear con ella la reluciente madera antes de que Matt lo detuviese.

–¿Lo ves? –le dijo a Alan riendo–. Mi hijo tampoco las aprecia.

Alan se rio también, mostrando sus rectos y blancos dientes.

–Es un chico con suerte; ha nacido envuelto en pañales de seda –comentó–. Y rodeado de una familia tan cariñosa, además.

Brooke se encogió en su asiento. Alan parecía sentirse muy cómodo allí. Ella en cambio tenía la sensación de que todos estaban mirándola y preguntándose qué pasaría cuando R. J. la dejara.

Y hablando de R. J... No podía haber en el mundo un cabeza de familia tan guapo como él, pensó observándolo mientras cortaba el asado e iba pasando platos. Ella se sirvió en el suyo patatas cocidas a la menta, espárragos verdes al vapor, y levantó su copa con los demás para unirse al brindis que propuso R. J. por la familia y por que la señora Kincaid estuviese de nuevo en casa para la cena del domingo siguiente.

–Lo que a mí me gustaría saber –dijo Matthew–, es quién le dio a la policía la información que hizo que la arrestaran. Ni siquiera quieren decirnos qué les dijo exactamente esa persona. El detective privado al que ha contratado R. J. dice que alguien vio a mamá en el edificio esa noche, pero la policía no se lo ha confirmado.

De pronto a Brooke le temblaba la mano. Dejó con cuidado su copa en la mesa, rogando por que no lo hubiera notado nadie. Ella había estado en la oficina hasta un poco después de las siete, terminando un informe y una presentación de Power Point que R. J. necesitaba para una reunión . Fue entonces cuando, al ir a marcharse, se había encontrado con la señora Kincaid. Habían bajado juntas en el ascensor y habían salido juntas del edificio.

Solo habían cruzado un saludo y se habían despedido al salir a la calle, pero la había visto muy abatida, y la notaba extraña. Se preguntó si sería porque había encontrado a su marido muerto o, peor, porque lo había matado. No, no podía creer que hubiera hecho algo así. Quizá debería decir algo. No había hecho nada malo por contarle a la policía lo que había visto, pero seguir allí sentada y no decir nada le parecía terrible. Tal vez podría…

–Si alguno de nuestros empleados le dijo a la policía que vio a mamá en el edificio habría que despedirlo –dijo R. J. de repente.

Brooke tragó saliva y bajó la vista a su plato mientras cortaba un trozo de carne. No, no parecía que fuese buena idea hablar en ese momento. Tendría que esperar a estar a solas con R. J. para decírselo, en vez de soltárselo en medio de una reunión familiar.

–Venga ya, R. J… –lo reprendió Laurel–. Si esa persona dijo la verdad no puedes despedirla. Además, mamá misma ha reconocido que estuvo allí esa noche, que fue a llevarle la cena a papá.

–Te equivocas; es una investigación policial y esa persona debería haberse acogido a la quinta enmienda para no hablar. Es una simple cuestión de lealtad a la empresa.

–Quizá no tenía ni idea de qué estaba pasando –intervino Lily.

–Lo dudo mucho. La policía llevaba semanas paseándose por nuestras oficinas recogiendo datos para la investigación. Nadie podría haber pensado que esos inspectores habían ido allí para charlar un rato. Alguien es responsable de que nuestra madre esté entre rejas ahora mismo, y eso es algo que yo sería incapaz de perdonar.

Brooke se sentía mareada. Antes o después R. J. descubriría que había sido ella. Una parte sí sentía deseos de confesarlo en ese mismo momento y acabar con aquello. Que le gritaran y la culparan y la echaran de allí. Retorció nerviosa la servilleta en su regazo.

No, no se sentía capaz. Y no soportaba la idea de hacerle daño a R. J. Y también tenía que pensar en su trabajo; tenía que pagar el alquiler y no quería renunciar a su sueño de que algún día aquel pequeño apartamento fuese suyo. Quizá debería ir buscando otro empleo, ya que sin duda, como había dicho R. J., la despedirían cuando supiesen la verdad, y eso ocurriría antes o después.

–Brooke, ¿estás bien? Estás muy pálida –dijo Kara.

–¿Eh? No, estoy perfectamente –se apresuró a decir ella–. Está todo buenísimo.

–Cierto, una cena espléndida –intervino Alan con una sonrisa–. Creo que es el mejor asado que he tomado en mucho tiempo; mis felicitaciones a la cocinera.

Lily respondió a su cumplido también con una sonrisa.

–Mamá me enseñó todo lo que sé. Es la mejor de las anfitrionas –respondió–. Por cierto, Laurel, mamá quería saber cómo van los preparativos de la boda. ¿Ya has escogido el vestido?

Laurel dio un respingo.

–¿Que si he elegido el vestido? ¿Cómo voy a casarme con mamá en… en ese sitio horrible?

–Me dijo que no quería que paráramos nuestros planes, que así cuando salga será como si hubiera sido solo un mal sueño y podremos seguir con nuestras vidas. Ella y yo estuvimos discutiendo ideas para el menú de mi boda cuando fui a verla el otro día. Y cree que debería escoger ese vestido de Vera Wang que te enseñé.

Laurel se mordió el labio.

–No sé, es que no me parece bien pensar en vestidos, tartas de boda y cosas así en un momento como este –se volvió hacia Eli, su prometido–. ¿Tú no lo ves igual?

–Sí, yo pienso lo mismo –dijo dándole unas palmaditas en la mano–. No hay ninguna prisa; tenemos por delante el resto de nuestras vidas.

–Pues yo estoy de acuerdo con mamá –replicó Kara–. Vamos, Eli, ¿no te parece que nuestra madre se animaría si le lleváramos fotos de Laurel con sesenta o setenta vestidos espectaculares? –Eli se encogió de hombros y Kara sacudió la cabeza–. Estoy yo más ilusionada con su boda que ellos –les dijo a los demás–. Si no fuera porque me tienen a mí para ayudarles con los preparativos, seguro que ni siquiera habría boda. ¿No creéis que todas las familias deberían tener a una organizadora de eventos como yo? Ahora mismo tenemos en vista la boda de Lily y Daniel, la de Matt y Susannah, la de Laurel y Eli… ¿quiénes serán los siguientes?

Una irracional ola de esperanza invadió a Brooke. ¿Por qué no R. J. y ella?

R. J. no dijo nada, y ella evitó mirarlo. La advertencia de Lily resonaba en su mente.

–¿Qué me dices de ti, Alan? –le preguntó Kara–. ¿Tienes a una novia escondida bajo la manga?

–No, me temo que no –respondió él sonriente–. Todavía estoy esperando a que aparezca la mujer de mi vida –añadió paseando la mirada por la mesa–. En fin, ¿quién sabe? Supongo que puede ocurrir el día menos esperado –sus ojos azules se posaron en Kara, y Brooke lo vio enarcar una ceja de un modo sugerente.

–Así se habla –dijo Kara. Dio una palmada en la mesa y se volvió hacia Eli–. Y sigo pensando que deberías convencer a Laurel para que empiece a tomar decisiones. Hace poco organicé la boda de una pareja de novios que llevaban comprometidos… ¡dieciséis años! No es que tuvieran pensado esperar tanto; es que no acababan de decidirse a fijar una fecha.

–A lo mejor es que no estaban tan enamorados –apuntó R. J.–. Cuando dos personas se dan cuenta de que se gustan de verdad las cosas se aceleran –sus ojos se posaron en Brooke.

–Entonces a lo mejor tú serás el siguiente al que le echen el lazo –lo picó Kara traviesa.

R. J. se rio.

–O puede que seas tú.

Las esperanzas de Brooke se desinflaron con la misma rapidez con que habían aflorado en su interior. Era ridículo que se hiciera esperanzas teniendo en cuenta que no llevaban más que un par de semanas saliendo. Parecía que no hubiera tenido antes una relación.

–Bueno, puesto que no estoy saliendo con nadie ahora mismo, no lo veo muy plausible. Aunque supongo que nunca sabe uno lo que puede depararle la vida.

–Una gran verdad –dijo Alan, regalando una nueva sonrisa a todos los presentes–. Yo, por ejemplo, no habría imaginado nunca que esta noche compartiría la cena con una familia tan encantadora. Me siento muy honrado de estar aquí, y me alegra decir que me siento como en casa entre vosotros.

A Brooke le habría gustado poder decir lo mismo. Sin embargo, aunque eran amables con ella, se sentía fuera de lugar. Los hermanos Kincaid no sabían que era ella la responsable de que su madre estuviese en la cárcel, y en cuanto lo descubrieran, no querrían volver a saber nada de ella.

Capítulo Ocho

–Supongo que Alan no es mal tipo después de todo –comentó R. J. al volante de su Porsche, de regreso a su apartamento.

Brooke iba sentada a su lado con ese vestido verde que abrazaba deliciosamente sus curvas. Estaba preciosa.

–Bueno, desde luego se está esforzando.

Por algún motivo Brooke parecía un poco tensa, pero ya se encargaría él de liberarla de esa tensión con un buen masaje cuando llegasen. Estaba impaciente.

–¿Te has sentido un poco abrumada rodeada de tantos Kincaid? –le preguntó.

–Son todos encantadores; no podían haber sido más amables conmigo.

–Pero aun así somos muchos; y parece que cada vez somos más. El clan no deja de crecer –comentó él con una sonrisa. Le había gustado que Brooke se ofreciera a ayudar a Lily con la cena, y estaba seguro de que había causado muy buena impresión en sus hermanas–. Y tengo que felicitarte; te has desenvuelto de maravilla.

–Gracias. En realidad ya conocía a algunos de tus hermanos; supongo que por eso no me ha sido tan difícil. Y estoy acostumbrada a tratar con la gente por mi trabajo.

–Cierto, aunque estás mucho más sexy con ese vestido que con los trajes tan serios que llevas a la oficina.

–Gracias –dijo ella con una sonrisa tímida.

–Estoy impaciente por quitártelo.

–Bueno, ya no falta mucho.

Cuando llegaron, iban riéndose mientras subían corriendo las escaleras del aparcamiento porque parecían dos chiquillos ansiosos. Y cada mirada no hacía sino incrementar esa tensión entre ellos. En el ascensor R. J. aprovechó para besarla con avidez. La boca de Brooke sabía a miel y a flores.

Entraron atropelladamente en el apartamento, acalorados y sin aliento. Brooke le desabrochaba torpemente los botones de la camisa mientras él trataba de deshacerse del complicado cinturón que ceñía la cintura de su vestido. Cuando por fin lo logró le bajó la cremallera y el vestido cayó al suelo. Los pezones de Brooke se marcaban a través de la fina tela del sujetador.

Le rodeó la cintura con los brazos y la apretó contra sí. Brooke exhaló un suspiro tembloroso. R. J. la había notada nerviosa todo el día. Tal vez porque quería causar una buena impresión a su familia. Pero ahora que al fin estaban solos la tensión parecía estar disipándose, y respondía afanosa a sus besos y sus caricias. Podría besarla durante horas y no se daría cuenta siquiera del paso del tiempo.

La mano de Brooke cubrió su miembro erecto a

través del pantalón, del que todavía no se habían deshecho, y un gruñido de placer escapó de su garganta.

–Me siento como un adolescente cuando estoy contigo –le susurró al oído antes de mordisquearle el cuello–. No sabes lo que me ha costado hoy mantener las manos quietas.

–Suerte que ya no tienes que seguir haciéndolo.

Brooke frotó la palma de la mano contra su miembro antes de bajarle la cremallera y agarrarlo con firmeza. R. J. arqueó la espalda y cerró los ojos por el intenso placer que experimentó.

–Creo que sería mejor que nos tumbáramos.

Brooke apretó de nuevo su miembro, dejándolo sin aliento.

–La posición horizontal es demasiado… predecible –murmuró ella.

R. J. abrió de nuevo los ojos y vio la sonrisa traviesa en sus labios.

–Brooke, nunca dejas de sorprenderme.

Se quitó los pantalones y la sentó en el respaldo del sofá de cuero.

Lo volvió loco ver lo húmeda y dispuesta que estaba. La penetró despacio, disfrutando con sus dulces gemidos de placer. Los pechos de Brooke rebotaban suavemente contra su pecho mientras él empujaba las caderas. Ella se asió con ambas manos a su espalda para no perder el equilibrio con sus embestidas. Le encantaba la sensación de sus suaves palmas contra su piel desnuda.

Luego, cuando le rodeó la cintura con las piernas para atraerlo más hacia sí creyó que no iba a poder aguantar más, pero hizo un esfuerzo por contenerse y le dio un sensual y largo beso con lengua.

–¡Oh, R. J...!

El oír a Brooke jadear su nombre lo excitó aún más. Podía sentirla al borde del clímax. Brooke le clavó las uñas en la piel y comenzó a mover las caderas más deprisa con las piernas aún firmemente entrelazadas en torno a su cintura.

Cuando finalmente alcanzaron el orgasmo fue tan increíble que Brooke habría perdido el equilibrio y habría caído en el sofá con él detrás si no la hubiese sujetado.

Cuando hubo recobrado el aliento la tomó en sus brazos para llevarla al dormitorio y la tumbó en la cama. Brooke tenía los ojos cerrados y sus largas y espesas pestañas le acariciaban las sonrosadas mejillas. Su cabello estaba desparramado sobre la almohada y sus labios hinchados por los besos estaban ligeramente entreabiertos.

–¡Qué hermosa estás! –murmuró él.

Los ojos de Brooke se abrieron un poco, dejándole entrever aquellas gloriosas lagunas de jade. La sonrisa que asomó a sus labios hizo que el corazón le palpitara de un modo extraño. Últimamente estaba experimentando toda una serie de sensaciones que le eran desconocidas.

Se tumbó junto a ella. Brooke había vuelto a cerrar los ojos y parecía ya medio adormilada. Él también estaba cansado; debería ir a quitarse el preservativo.

Fue entonces cuando se dio cuenta de que había olvidado ponérselo.

Brooke se despertó con los primeros rayos del perezoso sol que se filtraba por entre las pesadas cortinas. Había dormido como un lirón. Con los nervios de la cena de la noche anterior había caído rendida en la cama después de que hicieran el amor. Se giró para mirar a R. J. pero se encontró con que el otro lado de la cama estaba vacío.

Cuando miró el reloj de la mesilla vio que eran solo las seis y media. Un poco temprano para que estuviera ya levantado.

–¿R. J.? –lo llamó incorporándose.

¡Qué extraño…! No se oía ruido en el cuarto de baño, y la puerta del dormitorio estaba cerrada. Volvió a tumbarse, pero estaba intranquila, así que se bajó de la cama, se puso la bata y salió del dormitorio.

R. J. no estaba en el salón, ni tampoco en la cocina. Se dio cuenta de que la puerta del estudio estaba cerrada. R. J. no era de los que se levantaban muy temprano; más bien de los que remoloneaban hasta el último minuto. ¿Habría habido alguna novedad en la investigación del asesinato de su padre?

El estómago le dio un vuelco de preocupación. ¿Se habría enterado de que había sido ella quien le había dicho a la policía que su madre había estado en el edificio la noche del asesinato?

–R. J., ¿estás ahí?

Oyó un ruido de papeles seguido del chirrido de las patas de una silla arañando el suelo y al poco la puerta se abrió de golpe. La expresión de R. J. no podía ser más seria, y de inmediato Brooke sintió que palidecía. Lo sabía; de algún modo se había enterado.

–Lo siento –comenzó a decirle–. No era mi intención…

–No te eches la culpa –la interrumpió él–. He sido yo quien la ha fastidiado.

–¿Cómo? –inquirió ella confundida.

R. J. se pasó una mano por el alborotado cabello.

–Era yo quien me había responsabilizado de tomar medidas para evitar un embarazo, y anoche me olvidé de usar preservativo.

Brooke se quedó boquiabierta. Había estado tan excitada que aquello ni se le había pasado por la cabeza.

–Yo no me di ni cuenta.

–Podrías haberte quedado embarazada.

Las palabras de R. J. se quedaron flotando en el aire, y ella se llevó una mano al vientre, como si en él ya se estuviera gestando una vida. Y podría ser que así fuera.

–No puedo creer que tuviera un despiste tan estúpido.

Por el tono de R. J. era evidente que no veía nada positivo en la posibilidad de que se hubiera quedado embarazada.

Sin darse cuenta, Brooke dio un paso hacia

atrás. Por un segundo, por irracional que fuera, había pensado que le gustaría tener un hijo de él. A R. J., en cambio, parecía que esa idea lo horrorizaba.

–La culpa también es mía; debería haberme dado cuenta y recordártelo.

–Pues claro que no; cada vez he sido yo quien me he preocupado de eso, así que lo lógico era que esperaras que me acordase –R. J. vaciló un instante–. ¿No estarás tomando la píldora por un casual, verdad?

Brooke tragó saliva y sacudió la cabeza. Hacía tanto tiempo de su última relación que no había vuelto a preocuparse por esas cosas. Tenía un viejo diafragma en algún cajón del mueble del baño, en su apartamento, pero seguramente ya estaría inservible.

R. J. sacudió la cabeza.

–Con todo lo que está pasando lo último que necesitamos son más preocupaciones. Debe ser cierto eso de que los hijos repiten los errores de los padres, sobre todo teniendo en cuenta que los problemas de la empresa se han agravado porque el mío se sentía culpable y legó la mayor parte de las acciones a su hijo ilegítimo –dijo irritado.

«Nuestro hijo no sería ilegítimo si te casaras conmigo». Aquel pensamiento cruzó su mente sin saber por qué. Sabía perfectamente que R. J. no tenía la menor intención de casarse, tal y como su hermana le había advertido.

–¿Cuándo tendrías que tener el siguiente periodo? –le preguntó él, fijando la vista en ella.

–Todavía falta casi un mes –murmuró ella cabizbaja, rodeándose la cintura con los brazos–. Bueno, debería irme preparando para marcharme a trabajar.

No sabía cómo iba a afrontar el resto el resto del día sentada a unos pocos metros del despacho de él, sabiendo que sin duda R. J. estaría deseando no haberla conocido nunca y rogando por que no estuviese embarazada. Aquel pensamiento le cayó como una piedra en el estómago.

–Lo siento, Brooke –dijo R. J.

El dolor en sus ojos azules fue como una puñalada para ella. Habría querido responder «no te preocupes», pero el semblante atormentado de R. J. la hacía sentirse aún peor. Se dio la vuelta y volvió al dormitorio. Cada paso parecía un kilómetro. Se duchó y se puso el traje limpio de falda y chaqueta que había dejado allí el día anterior.

Al final los temores que había albergado desde un principio se estaban haciendo realidad: de pronto sus sueños se estaban haciendo añicos y le dolía el corazón.

–¡Pobre Brooke! No diré eso de «te lo advertí» –dijo Evie–, pero me temía que algo así acabaría pasando. Nunca he oído de ninguna mujer que haya tenido un romance con su jefe y haya acabado casada felizmente con él durante años y años.

Brooke y ella estaban sentadas cada una en un sofá, frente a frente, en el saloncito de Brooke.

Brooke dejó su martini en la mesita. La verdad era que no le apetecía. Por otro lado el alcohol la ponía sensiblera y eso era lo que menos falta le hacía en ese momento. Y además estaba la posibilidad de que estuviera embarazada, y si era así no debería beber siquiera.

–Lo sé, ya lo sé. No entraba en mis planes tener un romance con él. Simplemente ocurrió. Sabía que no era una buena idea desde la primera vez que nos besamos pero fue tan… –buscó en su mente la palabra correcta.

–Ya te he dicho alguna vez que veo un cierto patrón en tus relaciones –comentó Evie frunciendo el ceño ligeramente, como hacía cuando se ponía seria.

–¿Qué relaciones? Llevo más de un año sin tener siquiera una cita.

–¿Tanto? Bueno, también es cierto que dijiste que querías tomarte un descanso. Y no me extraña, después de aquel tipo rubio con el que saliste. ¿Cómo se llamaba?

–Sam –respondió Brooke–. Al principio me pareció muy tierno.

–Lo que parecía era que estaba necesitado de afecto –replicó Evie tomado un sorbo de su copa–. Creo que lo que pasaba era que te daba pena. Solo quería a alguien a quien llorarle y de quien conseguir montones de sexo por lástima.

Brooke se rio.

–Montones de sexo tampoco, te lo aseguro.

–Y luego estaba ese tipo con el que saliste en la

universidad… Ricky. También era de los que necesitaban que estuvieras pendiente de él las veinticuatro horas del día. No sé cómo te las arreglabas para ir a clase, tener un trabajo, y estar siempre que te necesitara a su lado.

–Pero R. J. no se parece en nada a esos tipos. Es un hombre capaz, independiente, inteligente…

–… que ahora está pasando por un momento muy duro –apuntó Evie–. Puede que en otras circunstancias sea una persona muy distinta, pero en las últimas semanas no ha hecho más que tirar de ti y apoyarse en ti, y tú has estado desviviéndote por él.

Brooke suspiró.

–Llevaba años loca por él, antes de todo ese asunto del asesinato y el escándalo de la amante y el hijo ilegítimo de su padre. No puedo creerme que se me pasara por completo si se había puesto el preservativo o no. Encima de todas las preocupaciones que tiene voy yo y le doy una más. Si pudiera volver el tiempo atrás…

–¡Por Dios, Brooke!, deja de intentar salvar el mundo.

–No intento salvar el mundo. Lo que pasa es que no dejo de pensar en qué pasará cuando se canse de mí. Será muy incómodo seguir trabajando para él y verlo día tras día.

–¿Y por qué no te buscas otro empleo antes de que eso pase? Ni siquiera tendrías que irte de la empresa. ¿No ibas a presentarte a otro puesto, uno más importante?

–Lo intenté, pero no hubo suerte, y la directora de Recursos Humanos prácticamente me dio a entender que R. J. no estaría dispuesto a prescindir de mí.

–¿Cómo? ¿Eso te dijo? –inquirió Evie irguiéndose en el asiento–. ¿Y le has preguntado a él por eso?

–No –contestó Brooke con un suspiro–. Ni siquiera le he dicho que me presenté a ese puesto. Me pareció que sería bastante embarazoso para mí si me rechazaban.

–Pues yo estoy segura de que estaba al tanto? La compañía es de su familia, ¿no? –dijo Evie enarcando una ceja–. Espero que no vayan a intentar ponerte una zancadilla; sobre todo si al final resulta que estás embarazada. Necesitas ese trabajo.

–Lo sé –murmuró Brooke rodeándose la cintura con las manos–. Estoy muy preocupada.

–Bueno, que no te entre el pánico –Evie dejó su copa en la mesa y fue a sentarse a su lado–. A lo mejor no estás embarazada –ladeó la cabeza y se quedó mirándola pensativa–. ¿Te casarías con él?

–¿Quieres decir si estuviera embarazada?

–Sí, si decidiera ser un hombre y afrontar sus responsabilidades.

Brooke contrajo el rostro.

–No querría casarme con él solo porque se sienta obligado –dijo. ¡Qué idea tan horrible!–. Odiaría que se casara conmigo por eso.

Aunque aquella mañana desde luego no había parecido muy dispuesto a proponerle matrimonio. No podía quitarse de la cabeza la ansiedad que había visto en sus ojos, y le dolía que se hubiese pasado la mayor parte del día en «reuniones» que no estaban en su agenda. No habían hecho planes para después del trabajo; por eso estaba en casa con su amiga Evie. ¿Sería aquel el final?

Quizá iría mostrándose cada vez más y más distante y no volvería a besarla ni a invitarla a pasar el fin de semana en las montañas, y serían otra vez solo jefe y secretaria. Las manos se le pusieron frías solo de pensarlo.

Claro que también podría ser peor. Tal vez decidiera mandarla lejos de él. Tal vez la enviase a trabajar a una de las oficinas que tenían en otro estado, o incluso a una de sus oficinas en el extranjero.

—No pongas esa cara de tragedia, mujer —dijo su amiga, dándole unas palmaditas en la mano—. No se ha muerto nadie.

—Excepto el padre de R. J.

Evie hizo una mueca.

—Lo olvidaba. Pobre R. J., la verdad es que le están viniendo golpes por todos los lados. ¿La policía todavía cree que lo mató su madre?

—Eso parece; ni siquiera la dejan salir en libertad bajo fianza.

—Seguro que si pudieras ayudar de algún modo a que la exculpasen harías a R. J. el hombre más feliz del mundo.

—Ya me gustaría, pero por desgracia no sé quién puede ser el asesino —contestó Brooke. No se había atrevido a decirle siquiera a su amiga que ella era la responsable de que la madre de R. J. estuviese arrestada–. En el registro de seguridad que tiene que firmar todo el mundo que entra al edificio falta la página de ese día.

–Debió llevársela consigo el asesino.

–Eso pienso yo –asintió Brooke–. Da miedo pensar que alguien pueda matar a otra persona a sangre fría, ¿verdad?

–Y lo curioso es que nadie sabe por qué lo mataron –apuntó Evie.

–Sí, eso es lo más rato. Sé que R. J. sospecha del hijo ilegítimo de su padre, Jack. Le ha dejado la mayor parte de las acciones de la compañía. Se mantiene alejado del resto de la familia, casi como si tuviera algo que ocultar.

–Suena a culpable.

–Pero me da la impresión de que Reginald Kincaid sabía que alguien iba detrás de él. Le escribió una carta a cada miembro de la familia para que les fueran entregadas en caso de que muriese. Y si hubiera sospechado de su hijo Jack, ¿por qué iba a dejarle casi la mitad de la compañía?

–¿Y si fue R. J.? –aventuró Evie.

El brillo divertido que había en sus ojos evitó que Brooke se molestase.

–Puede –respondió con humor. Luego se puso seria–. Y a lo mejor yo seré la siguiente persona a la que asesine para que no lo demande por acoso sexual –añadió con ironía–. Su hermano le advirtió de que podría hacerlo.

–¿Lo harías? –le preguntó Evie abriendo mucho los ojos.

–Nunca. Ha sido consentido por ambas partes. Sería una mala persona si lo denunciase.

–Bueno, sí. Aunque sería más fácil que que te toque la lotería –dijo su amiga–. Pero has esquivado mi pregunta. Solo es hablar por hablar, pero R. J. tenía motivos para cometer el crimen. Quizá descubrió que su padre tenía otra familia y estaba tan furioso que quiso vengarse.

Brooke sacudió la cabeza.

–No es su estilo. Y es demasiado listo como para hacer algo así y arriesgarse a pasarse el resto de su vida en prisión. Además, adoraba a su padre. Salta a la vista. Cuando fuimos a la montañas no hizo más que hablarme de él, y de cómo lo echa de menos cada día.

–Lástima. Porque si al final las cosas se ponen feas entre vosotros, al menos no te costaría tanto superarlo si descubrieras que es un asesino.

–O a lo mejor esta crisis nos une más.

–¿Lo ves? Ya estás otra vez cayendo en tus propias ensoñaciones. Tienes que buscarte a un tipo sencillo, sin preocupaciones –le dijo Evie.

–Pero es que estoy enamorada de R. J. –repuso ella. El corazón le palpitó con fuerza cuando las palabras se quedaron flotando en el aire–. De verdad que lo estoy.

–Ya lo veo –Evie ladeó la cabeza y la miró con compasión–. Anda, llámale; sabes que estás deseando –dijo señalando el teléfono móvil de Brooke, que estaba en la mesita, junto a sus llaves.

Brooke sintió que un cosquilleo de nervios la recorría. ¿Se atrevería a llamarle? Quizá R. J. se alegrase y le pidiese que fuese a su casa. Y entonces podrían pasarse la noche haciendo el amor en su enorme cama y desayunar juntos en bata antes de irse a trabajar.

Tomó el teléfono y marcó su número.

–¿Quién fue? –R. J. se levantó con violencia de la silla y se pasó una mano por el cabello.

En su despacho estaban Matt, Laurel y la detective de la empresa, Nikki Thomas. Esta, alta y de melena azabache que enmarcaba un rostro con unos ojos de un azul intenso, era quien había propuesto a Tony Ramos, el detective privado al que R. J. había contratado para investigar el asesinato de su padre. Era un hombre alto, con la cabeza afeitada, y una mirada que daba la impresión de que pudiera leerle a uno el pensamiento.

–Todos sabemos que alguien vio a mamá aquí la noche del asesinato; ella misma me lo dijo. Pero quiero saber quién fue y por qué nadie quiere decírmelo –insistió R. J.

–Sí, ¿quién fue? –dijo Matt impacientándose también.

El fiscal del distrito acababa de negarles por enésima vez la posibilidad de fijar una fianza.

–Brooke Nichols –dijo finalmente Ramos.

Se hizo un silencio absoluto y todas las miradas se volvieron hacia R. J.

–Me estáis tomando el pelo –dijo este mirando a

Matt y a Laurel, pero estos parecían tan estupefactos como él–. Es imposible que fuera ella; me habría dicho algo.

Laurel tragó saliva y Matt bajó la vista a la moqueta.

–¿Esa información la ha obtenido de la policía? –le preguntó R. J. a Ramos.

Una mezcla de ira y confusión se revolvía en su pecho. En ese momento empezó a vibrarle el móvil, y lo sacó irritado del bolsillo para apagarlo.

Ramos asintió.

–Interrogaron a todos los empleados el día siguiente al asesinato, y solo había cinco personas en el edificio ese día después de las siete de la tarde. Por desgracia los guardias de seguridad no registran en un ordenador los nombres de las personas que entran en el edificio, solo llevan un registro escrito, y como todos saben, falta la hoja de ese día. Esta es una lista de las personas que admitieron que estaban en el edificio –dijo sacándose un papel del bolsillo–. Jimmy, el guardia que tenía turno esa noche, me ha confirmado que son las mismas personas a las que recuerda haber visto –leyó en voz alta–: su madre; el empleado que prepara los envíos nocturnos; Alex Woods; y su secretaria, Brooke Nichols.

R. J. resopló y sacudió la cabeza. Que Brooke, la persona en la que más confiaba, le hubiera ocultado aquello…

–¿Por qué?, ¿por qué no me dijo nada? –dijo enfadado.

–¿Quizá porque se temía que reaccionarías así? –respondió Laurel enarcando una ceja–. Lo único que hizo fue decir la verdad, R. J. ¿Habrías preferido que mintiese?

–Según parece su secretaria le dijo a la policía que su madre parecía preocupada, o agobiada –añadió Ramos–. Jimmy, cuando le preguntó la policía, solo dijo que sí, que la había visto llegar y marcharse, pero no pareció observar en ella nada inusual.

–Maldita sea –masculló R. J. dando un puñetazo en la mesa–. La pobre mamá entre rejas por culpa de un comentario irreflexivo. Es imposible que Brooke piense que sería capaz de haber matado a nuestro padre.

–Estoy seguro de que no –le dijo Matt frotándose los ojos–. Es como si estuviéramos en un terreno de arenas movedizas y todo el mundo estuviera siendo absorbido por ellas. Lo que hace falta es encontrar al asesino. ¿Alguna novedad en ese sentido, señor Ramos?

–La policía ha descartado a las personas de esta lista, y yo también, la verdad, así que la única posibilidad es que lo hiciera alguien que se coló en el edificio sin ser visto.

–Pero si tenemos a alguien de seguridad en recepción las veinticuatro horas del día… –repuso R. J.–. Todo el que entra o sale del edificio tiene que pasar por ahí. No hay otra manera de entrar.

El detective entornó los ojos.

–En efecto. He revisado todas las ventanas y las

puertas que antes se utilizaban para la carga y descarga. No hay signos de que fueran forzadas. Este edificio es tan inexpugnable como una fortaleza. El asesino solo pudo entrar por el vestíbulo. Y también debió ser él quien se llevó la hoja que falta en el registro. Jimmy dice que solo deja la recepción desatendida cuando tiene que ir al cuarto de baño. Y dice que antes de hacerlo echa el cerrojo a las puertas de entrada, y que esa noche también se aseguró de hacerlo –Ramos miró a Laurel y luego a R. J.–. Pero dice que en un momento dado, cuando regresó del baño y fue a quitar el cerrojo, se encontró con que estaba quitado.

Laurel emitió un gemido ahogado y se llevó la mano a la boca.

–De modo que alguien salió del edificio mientras él estaba en el baño… y no fue mamá porque Jimmy dijo que la vio marcharse.

–Exacto –asintió Nikki–. El problema es, que a excepción de la palabra de Jimmy, no hay pruebas fehacientes de cuándo abandonó vuestra madre el edificio, y aunque las hubiera la cuestión es que llegó y se marchó aproximadamente a la hora a la que ocurrió el crimen.

–¿A qué hora se fue Brooke? –a R. J. se le revolvieron las entrañas.

La ira que se había apoderado de él al saber que le había ocultado todo aquello se vio atemperada por la preocupación de que pudiera verse implicada de algún modo.

–Al mismo tiempo que su madre –respondió Ramos–. Bajaron juntas en el ascensor. Según parece su secretaria se encontró con ella cuando su madre bajaba del despacho de su padre.

–Pero Brooke no está bajo sospecha.

–No, en ningún momento de la investigación lo ha estado.

R. J. se sintió aliviado al oír la respuesta del detective. Sin embargo, no comprendía por qué no le había dicho nada de aquello. Había compartido con ella recuerdos de su padre que no había compartido con nadie, y tampoco había dicho nada cuando se había hablado de ello abiertamente en la cena familiar en casa de su madre.

¿Y si al final estaba embarazada? Tener un hijo era una responsabilidad enorme, algo que debía ser bien pensado y planeado, no el resultado de una noche de pasión sin freno. Y encima, como era su jefe, las cosas se complicaban. Aquello era una pesadilla.

–¿R. J., sigues con nosotros?

–¿Qué? –respondió dándose cuenta de que Matt estaba hablándole.

–El señor Ramos quiere saber si debería hablar con Brooke para saber exactamente qué le dijo a la policía.

–No. Lo haré yo.

Había estado evitándola todo el día, consciente del efecto que sus ojos verdes tenían en él, pero no podía dejar pasar aquello.

–Imagino que la policía buscaría huellas dactilares del asesino en el edificio –le dijo a Ramos.

Este se encogió de hombros.

–Lógicamente en el despacho de su padre sí, pero... ¿en todo el edificio? Trabajan y pasan por él muchas personas al día. Debe haber cientos de miles de huellas. De todos modos hablaré con la policía para contarles nuestra teoría de que lo hiciera alguien que se había escondido en el edificio.

–Jack Sinclair sigue estando el primero en mi lista particular de sospechosos –dijo R. J. mirando a Ramos y a Nikki–. Según parece ahora mismo va por ahí diciendo que tiene pensado hacer uso de sus acciones para promover cambios en la compañía. Nikki, ¿no dijiste que su coche estaba en un aparcamiento cerca de aquí la noche del asesinato?

–No es seguro que fuera su coche; la policía todavía está investigándolo.

–Podrías intentar hurgar un poco en sus actividades corporativas para averiguar si ha estado intentando dañar a nuestra compañía –propuso R. J.

–Pero... ¿por qué querría hacer algo así cuando él es el principal accionista?

–¿Detecto cierta reticencia por tu parte? –inquirió R. J. mirándola con el ceño fruncido.

¿Por qué le parecía que Nikki no hacía más que buscar excusas para no averiguar si Jack tenía trapos sucios?

Nikki parpadeó y se remetió un mechón tras la oreja.

–Por supuesto que no. Veré qué puedo averiguar, y si doy con algo te lo haré saber de inmediato.

R. J. asintió.

–Y yo hablaré con Brooke por si recordará algo más.

Lo habría hecho antes si hubiera sabido que había estado en el edificio esa noche. Cualquier posible pista, por pequeña que fuera, podría contribuir a exculpar a su madre, y eso era lo más importante en ese momento.

Más importante que su romance con Brooke, se dijo. Cuando estaba con ella era como si todo lo demás pasara a un segundo término. Hacía que se olvidara de sus responsabilidades y sus preocupaciones. Tenía que quitarse la venda de los ojos y averiguar cómo podía haber sido tan descuidada como para hacer que la policía sospechase de su madre por una mera impresión.

Cuando los demás hubieron abandonado el despacho tomó el móvil y vio que la llamada que no había contestado era de Brooke. Presionó un botón para devolverle la llamada y, tan pronto como ella contestó, le dijo:

–Voy para tu casa. Estaré allí en veinte minutos.

Capítulo Nueve

Por más saludos al sol que hizo después de la brusca llamada de R. J., Brooke no lograba calmar sus nervios. Le había dicho que iba para allá y que llegaría en veinte minutos y luego había colgado. Enrolló su esterilla de yoga, la guardó en el armario y se puso a limpiar –otra vez– la encimera de la cocina, como si padeciera un trastorno obsesivo compulsivo de la personalidad.

Cuando oyó que llamaban a la puerta dio un respingo.

–¡Ya voy! –dijo, e intentó controlar la respiración mientras quitaba el cerrojo.

Al abrir la golpeó como una ráfaga de aire helado la fiera mirada de R. J., que entró tan erguido y tenso como una estatua.

Brooke cerró la puerta y se quedó callada, incapaz de articular un simple hola o ¿qué tal el día?

–¿Le dijiste a la policía que viste a mi madre en el edificio la noche del asesinato?

R. J. no alzó la voz al hacerle aquella pregunta, pero sonó fría y cortante como un cuchillo.

–Sí –Brooke logró decirlo sin que le temblara la voz–. La vi cuando se marchaba, y cuando me preguntaron, simplemente les dije la verdad.

157

–Esa declaración que hiciste es el motivo por el que mi madre está en la cárcel y por el que se niegan a concederle salir bajo fianza. Por tu causa la consideran sospechosa del crimen.

Brooke notó que se achantaba ante la mirada acusadora de R. J.

–Lo único que dije es que me la encontré en el ascensor cuando se paró en nuestro piso y que llevaba una bolsa.

–Le llevaba la cena a mi padre.

–Yo no sabía lo que había en la bolsa.

–También les dijiste que parecía alterada –añadió él entornando los ojos.

Brooke reprimió el impulso de dar un paso atrás para alejarse de la furia que emanaba de él.

–Tenía lágrimas en los ojos; parecía que estaba a punto de echarse a llorar. Y parecía muy angustiada. Creo que fue eso lo que dije, aunque no lo recuerdo exactamente, porque de eso hace semanas –sintió que a ella misma se le llenaban los ojos de lágrimas–. Nunca pensé que la arrestarían.

–Sabías que la policía estaba investigando un crimen y buscando sospechosos –respondió él, fijando en ella de nuevo esa mirada acusadora.

–Sí, lo sabía –admitió ella tragando saliva–, pero lo único que hice fue decirles la verdad.

–¿Y por qué no me dijiste nada? Todo este tiempo hemos estado preguntándonos por qué la habían arrestado y por qué se niegan a concederle la libertad bajo fianza, y es por esa declaración que hiciste.

–¿Que por qué? –le espetó ella, haciendo un esfuerzo por contener las lágrimas–. Supongo que porque sabía que te enfadarías.

Los ojos de él relampaguearon con una mezcla de ira y confusión.

–No estoy enfadado porque dijeras la verdad, sino porque en todo este tiempo no me lo hayas contado –sacudió la cabeza–. No lo comprendo, y hace que sienta que no te conozco como creía, Brooke.

–Siento mucho no habértelo contado. Quería hacerlo, pero nunca parecía encontrar el momento adecuado, y luego empezaron a pasar los días y las semanas, y era como si el momento ya hubiese pasado.

Una profunda tristeza la invadió, y rogó por que no estuviera embarazada.

–Me he enterado de que fuiste una de las últimas personas en abandonar el edificio esa noche antes del asesinato –dijo R. J.

Brooke asintió.

–Ojalá pudiera ser de más ayuda para que la policía diera por fin con el asesino.

–Quizá puedas –R. J. se masajeó la sien con los dedos–. ¿Advertiste algo inusual?

Brooke vaciló.

–Bueno, el que tu madre estuviera allí me pareció inusual. No recuerdo haberla visto nunca llevarle la cena a tu padre.

Él entornó los ojos.

–De modo que sí sospechas de ella.

–No, solo estaba respondiendo a tu pregunta.

–Mi madre me dijo que mi padre y ella habían tenido una discusión la noche anterior y que ese día él se fue al trabajo de mal humor y luego la llamó para decirle que iba a trabajar hasta tarde. Por eso decidió ir a llevarle la cena, para intentar ablandarlo y hacer las paces con él –le explicó R. J. cruzándose de brazos–. No me parece que sea algo sospechoso.

Brooke no respondió a eso. Comprendía por qué sospechaba la policía, sobre todo teniendo en cuenta que Reginald Kincaid le había sido infiel a su esposa, pero ella no había sabido nada de eso cuando había hablado con la policía.

–Ojalá hubiera visto al asesino o hubiese notado algo extraño –dijo–. He repasado en mi mente una y otra vez esa noche, pero… –se encogió de hombros con impotencia.

–Asesinaron a mi padre pocos minutos después de que mi madre y tú os marcharais. El asesino debía estar escondido dentro del edificio.

–¿Y qué dice tu madre? ¿Vio a alguien?

R. J. sacudió la cabeza.

–A nadie. Dice que subió al despacho de mi padre. La puerta estaba cerrada. Llamó, pero él no contestaba, así que abrió la puerta y lo vio sentado en su mesa. Le dijo con muy mal genio que se marchara de allí. Mi madre se quedó atónita. Le dijo que le traía la cena, pero él le respondió que no quería nada y que se fuera a casa. Dice que prácticamente le rugió esas palabras.

–¡Qué espanto!

–Sí que lo es, y ese es el último recuerdo que conservará de mi padre el resto de su vida. Y ahora está en la cárcel acusada de su asesinato, y tú no me contaste que esa noche la viste allí.

Brooke bajó la vista.

–Lo siento muchísimo, R. J.

–Creo que necesitamos darnos un descanso. Quiero que a partir de mañana te tomes unos días libres –cuando Brooke alzó la vista, vio que tenía el ceño fruncido–. De hecho, te pagaremos el doble de tu salario si te quedas en casa hasta que las cosas se aclaren.

A Brooke le flaquearon las rodillas. ¿Significaba eso que estaba despedida? Lo que sí significaba sin lugar a dudas era que su relación se había acabado.

–Tasha se ocupará de tu trabajo en tu ausencia. Si tienes alguna pertenencia personal en la oficina le pediré que te la traiga.

Brooke se sentía como si le hubiese dado una bofetada. Querría decirle que no había tenido intención de hacerle daño a su madre, pero él quería que desapareciera de su vida.

–Iré a por mi portátil para que se lo lleves a Tasha –murmuró intentando contener las lágrimas–; lo necesitará.

Fue a por la maleta del portátil y regresó al salón para entregársela a R. J. con manos temblorosas. Sus dedos se rozaron cuando él la tomó, y el cosquilleo eléctrico que recorrió su cuerpo la inundó de recuerdos. La noche anterior había yacido con él; esa noche dormiría sola.

R. J. estaba ya a punto de salir por la puerta cuando se volvió.

–Recibirás el extra de tu salario por transferencia y no tendrás que volver al trabajo hasta nuevo aviso –dijo rehuyendo su mirada. Con la mano en el picaporte de la puerta, vaciló antes de añadir–: Pero si te enteraras de algo… inesperado…

Brooke comprendió que estaba hablando de su posible embarazo.

–No te preocupes; te llamaré si ocurre algo –dijo en un hilo de voz.

R. J. la miró una última vez con expresión pétrea y salió cerrando tras de sí.

Brooke se derrumbó en el sofá y se echó a llorar desconsolada.

Si le hubiera dicho que había visto a su madre en el edificio esa noche… Sin duda se habría enfadado igualmente, pero no podría culparla de habérselo ocultado.

R. J. cerró enfadado la puerta de su Porsche y puso en marcha el motor. Se sentía ardiendo de ira y de dolor. Brooke había sido hasta entonces su puerto seguro en aquella tempestad, pero no había sido capaz de decirle lo que le había contado a la policía.

Estaba visto que uno nunca llegaba a conocer a la gente de verdad. Lo que le había ocurrido con su padre se repetía. Todo el mundo tenía secretos que crecían y se enredaban como zarzas, atrapándolos en una red de engaños.

Quería ir a ver a su madre, pero no había obtenido todavía otro permiso especial para hablar con ella en persona, y la idea de tener que hablar con ella a través de un monitor de vídeo hacía que le doliese el corazón.

Cuando entró en el aparcamiento y apagó el motor se quedó un momento con las manos y la cabeza apoyadas en el volante. Iba a hacérsele muy extraño estar solo en su apartamento. Se bajó del coche y subió en el ascensor.

Tal y como había esperado el apartamento le parecía frío y desierto. La luz del contestador parpadeaba. Se acercó y pulsó el botón para oír los mensajes.

—R. J., soy Lily. ¡Han dejado libre a mamá! Le han concedido la libertad bajo fianza. Ha bastado el testimonio de Jimmy de que alguien había quitado el cerrojo de la puerta del vestíbulo desde dentro cuando él estaba en el baño. Ahora mismo va de camino a casa. Ven a reunirte con nosotros para celebrarlo.

R. J. apretó el puño victorioso al terminar de escuchar el mensaje.

—¡Sí! Ya era hora… —murmuró, y tomó el teléfono para llamar a Lily—. Voy para allá ahora mismo.

Contento de tener un motivo para marcharse de su solitario apartamento, decidió que iría a pie, pues la mansión de su familia no estaba lejos de allí. Se sentía revigorizado mientras caminaba por las calles de Charleston. A pesar de todo lo que había pasado con Brooke sentía el corazón ligero por el alivio de saber que su madre había dejado aquel horrible lugar y volvía a su amada casa.

La encontró más delgada y frágil cuando la abrazó al llegar.

–Estoy deseando ir a la peluquería –les dijo a sus hijos algo azorada, dándose unas palmaditas en el cabello–. Hasta ahora mis canas eran un secreto entre mi peluquera y yo. Espero que me pueda hacer un hueco mañana.

Volver a oír su suave voz y su acento sureño en aquella casa era un regalo para sus oídos.

–A eso le llamo yo tener claras las prioridades, mamá –comentó Kara divertida, dándole otro abrazo.

Todos se arremolinaron en torno a ella en el salón.

–Necesitas una cena como Dios manda –dijo Laurel.

–¡Ni me la menciones! Creo que voy a escribir un libro que se titule: *La dieta de la prisión* –murmuró bajando la vista para mirarse–. Antes pensaba que estaba delgada, pero parece que, como dice el refrán «nunca es uno demasiado rico ni está demasiado delgado».

–Me alegra que tu sentido del humor permanezca intacto –dijo R. J.

Los ojos de su madre, a quien no se le escapaba nada, se encontraron con los suyos.

–¿Y Brooke? –inquirió.

R. J. vaciló. Lo último que necesitaba su madre en ese momento era escuchar malas noticias.

–Está en su casa.

–¿Y por qué no la invitas a venir a celebrar con nosotros mi regreso?

R. J. miró a Matt que sabía, como los demás, que Brooke les había ocultado que había sido ella quien le había contado a la policía que su madre había estado en el edificio la noche del crimen. Una parte de él ansiaba llamarla e invitarla a volver a sus vidas, pero su instinto, más frío y lógico, le dijo que debía mantener las distancias con ella.

–Creo que es mejor que lo celebremos en familia –respondió, obviando que Susannah y los prometidos de Lily y Laurel también estaban allí.

¿Y qué?, se dijo, al fin y al cabo Brooke y él no estaban prometidos.

–Espero no tener que volver nunca a ese espantoso lugar –dijo su madre–. Y por los dos millones de dólares que os han hecho poner de fianza, más os vale vigilarme para que no me fugue –bromeó.

Matt la besó en la mejilla.

–Tú vales mucho más que eso, mamá.

Kara le tendió a su madre la copa de champán que le había servido.

–Y si te fugas, por favor, llévanos contigo, porque creo que ninguno de nosotros podría soportar volver a separarse de ti.

–Es verdad –intervino Laurel, sentándose en el sofá junto a Eli–. Aunque detesto todo por lo que hemos pasado en los últimos meses, no se puede negar que nos ha unido más aún.

–Y ahora ya podéis empezar a planificar vuestra

boda –dijo Kara con ojos brillantes–. Mamá, Laurel no quería ni elegir las invitaciones hasta que no te pusieran en libertad.

–Yo creo que necesitamos un poco más de tiempo, hasta que se hayan asentado un poco las cosas –repuso Laurel–. ¿Verdad, cariño? –inquirió mirando a Eli.

–Es cierto; ahora mismo están las aguas demasiado revueltas –dijo él, dándole unas palmaditas en la mano–. Tenemos tiempo por delante para planificar la boda.

–Por supuesto que sí –dijo Elizabeth Kincaid sonriendo a la hermosa pareja–. No tiene sentido acelerar las cosas. El matrimonio implica un gran compromiso y a veces también muchas dosis de sacrificio.

R. J. comprendía la reticencia de Laurel a lanzarse de cabeza al matrimonio. Sobre todo teniendo en cuenta que el matrimonio de sus padres no había sido el cuento de hadas que todos habían creído.

–Mamá –dijo Lily inclinándose hacia delante en su asiento–. ¿De verdad sabías que papá tenía otra familia?

Su madre vaciló un instante antes de asentir.

–Lo supe hace un par de años, pero no vi razón alguna para haceros pasar un mal trago con eso.

–Pero no fue justo para ti sobrellevar eso tu sola –dijo Lily acariciándole el brazo.

Elizabeth se encogió de hombros.

–Quizá no dije nada porque me pareció que de otro modo no habría podido sobrellevarlo. Es mucho más duro ahora que el secreto ha salido a la luz. Ahora, cuando la gente me mira, me pregunto si será eso en lo que estarán pensando. ¿Os han causado problemas los hermanos Sinclair?

–Hasta ahora Jack se ha mantenido al margen –respondió R. J. frunciendo el ceño–. ¿Pero quién sabe qué estará tramando? Si quieres saber mi opinión, estoy convencido de que él es el asesino. Todavía no puedo creerme que papá le dejara la mayor parte de las acciones de la empresa –sacudió la cabeza y exhaló un suspiro irritado.

–Pero Alan en cambio parece muy agradable –intervino Kara–. Nos dijo que estaba muy apenado por que te hubieran arrestado, y nos ha mostrado su apoyo todo el tiempo. Además parece que quiere convertirse en parte de la familia aunque no tengamos vínculos de sangre con él.

–Tal vez eso sea algo bueno que podamos sacar de todo este desastre –murmuró su madre–. En nuestra familia siempre hay espacio para uno más, ¿no es verdad? –añadió con una sonrisa cálida–. ¡Y qué alivio volver a estar en mi casa, rodeada de todos vosotros!

Cada uno tomó una copa de champán de la bandeja que acercó Laurel y alzaron sus copas en un brindis.

En ese momento, a pesar del ambiente alegre y festivo, R. J. sintió una punzada de tristeza. Brooke debería estar allí. Todavía estaba dolido por que no le hubiese dicho lo que le había contado a la policía, pero se había convertido en parte de su vida, y ahora, sin ella a su lado, era como si se hubiese hecho un vacío tremendo en su interior. La echaba tanto de menos que sentía un desasosiego angustioso que no había sentido jamás. ¿Sería amor? Si lo era, desde luego no era un sentimiento muy feliz.

–¿Estás bien, R. J.? –le preguntó Laurel dándole suavemente con el codo–. Te veo un poco distraído.

–Supongo que es por la emoción –mintió él antes de tomar un largo trago de champán–. No te preocupes; estoy bien.

Se sentía cruel por el modo en que había despachado a Brooke. ¿Cómo había sido capaz de ofrecerle dinero para que se mantuviera alejada de él? La ira había podido con él.

¿Y si estaba embarazada? Por un instante tuvo una visión de Brooke mirando con expresión tierna a su bebé. Tomó otro trago de champán. Todo iba demasiado rápido, tan rápido que no sabía dónde estaría al día siguiente. Para empezar porque, si quería, Jack podía darle la patada y hacerse con el control de la compañía.

No, lo último que necesitaba en esos momentos era iniciar una relación seria. Lo mejor era que no se cerrase ninguna puerta y estuviese atento para esquivar las balas.

Sin embargo, debería disculparse con ella.

–¡La cena está lista! –anunció Pamela, la cocinera, apareciendo con una fuente humeante de algo que olía delicioso–. Vamos, pasad todos al comedor; ya tengo lista la mesa.

La disculpa tendría que esperar. Su sitio estaba

allí en ese momento, junto a su familia. Siguió a los demás al elegante comedor, y se sentaron todos a disfrutar de su primera cena en familia desde el arresto de su madre.

–A ver si lo he entendido –dijo Evie al otro lado de la línea–: desde que estuve en tu casa… de lo que no hace ni dos horas… ¿me estás diciendo que tu amado R. J. te ha dejado y te ha despedido?

Brooke inspiró temblorosa. Ya había llorado bastante; ¿no iría a ponerse a llorar otra vez, no?

–Sí, básicamente ese es el resumen de la situación. Técnicamente no estoy despedida, sino que son unas vacaciones pagadas. De hecho, para librarse de mí me está pagando el doble de mi sueldo. Está furioso conmigo.

–Y todo esto porque no le contaste que le pusiste a los polis a su madre en bandeja.

–¡Evie! ¿Eres mi amiga o qué?

–Solo bromeaba, mujer. No se lo dijiste precisamente porque creías que te dejaría y te despediría. Parece que no te equivocabas. Estoy empezando a pensar que no es tan maravilloso como me decías en un principio.

–Bueno, es un hombre orgulloso, y para él su familia es muy importante. Eso es algo que admiro.

–¿Aunque signifique que su familia es lo primero y tú lo último?

Brooke se mordió el labio.

–Ojalá lo uno no excluyera a lo otro. Si pudiera

recordar algo de esa noche que pudiera ayudar a demostrar que su madre no lo hizo y la dejaran en libertad tal vez me perdonaría.

–¡Pero si Elizabeth Kincaid ha salido de la cárcel! –exclamó Evie–. Creía que lo sabías: lo han dicho en las noticias no hace ni quince minutos. Le han concedido la libertad bajo fianza.

–¿De verdad?

R. J. no se lo había dicho. Claro que… ¿por qué iba a hacerlo?, pensó con pesar.

–Sí, han puesto un vídeo de ella saliendo de la cárcel. Es de esas personas que son capaces de mostrarse digna incluso en una situación así: sonriendo con amabilidad a las cámaras y todo eso.

–Es una buena noticia –dijo Brooke pasándose una mano por el cabello–. R. J. debe estar muy feliz. Me pregunto si la policía habrá averiguado quién fue el verdadero asesino.

Si su madre estaba en libertad tal vez ya no estuviera tan enfadado con ella.

–Sobre lo que me has dicho hace un momento… –dijo Evie–. ¿Viste u oíste algo raro esa noche en la oficina?

–El edificio estaba prácticamente vacío. Pero según parecer el asesino debía haberse quedado escondido y salió cuando el guardia de seguridad estaba en el baño.

–¿Y a lo largo de ese día no viste a alguien a quien no hubieras visto antes en la oficina?

–Fue un día de infarto: teníamos al menos tres reuniones importantes, una de ellas fuera de la oficina, con los arquitectos. Ni te lo imaginas: de aquí para allá cargada con todas esas copias de planos del edificio… –de repente un pensamiento le cruzó por la mente–. ¡Dios mío, las copias de los planos! Después de la reunión con los arquitectos R. J. se fue a una reunión que tenía en otro sitio y yo volví a la oficina con los planos. Faltaba poco para que acabara la jornada y estaba lloviendo. Salí corriendo desde el aparcamiento hacia la puerta, intentando que no se mojaran los planos, y entonces…

De repente vio la escena con claridad cristalina. Un hombre con gabardina había aparecido detrás de ella, la había liberado de la mitad de los planos para ayudarla, y le había abierto la puerta, entrando detrás de ella.

Brooke le había dado las gracias, y él le había devuelto el resto de los planos, y los dos se habían dirigido hacia los ascensores pero él no había subido en el mismo que ella, y no lo había vuelto a ver. Pero de algo estaba segura… no se había parado a firmar en el registro de recepción…

–¿Brooke, estás bien?

–Ese hombre… el hombre que entró conmigo… Era bastante alto, llevaba uno de esos sombreros de ante… como el de Indiana Jones… ¡Esto es importante! Llevaba el sombrero empapado por la lluvia, y tenía unas gafas con las lentes pequeñas y redondas, esas gafas de montura metálica con las lentes tan gruesas que casi no puedes verle los ojos.

–¿Y qué me dices de su cara? ¿Te sonaba de algo?

–No. Tenía barba y bigote. Maldita sea, no recuerdo de qué color. ¿Puede que gris? Era un hombre mayor. Y tenía acento de Boston, eso lo recuerdo. La verdad es que no le di importancia, pero eran las cinco y todo el mundo se estaba marchando, y el guardia de seguridad estaba hablando con el que iba a relevarle porque ya había acabado su turno. Tal vez no lo detuvieron porque iba conmigo.

—Cuando en realidad no iba contigo.

—Exacto.

—Puede que hubiera estado esperando esa oportunidad para colarse.

—Sí, puede ser —Brooke sintió que un cosquilleo nervioso le recorría la espalda.

—Deberías llamar a R. J. y decírselo.

—¿Y no me odiará aún más por haber dejado entrar al asesino en el edificio?

—Si ya está enfadado contigo, ¿qué más da?

—Me parece que debería llamar a la policía y contárselo. No puedo creer que no pensara en esto cuando me interrogaron. Claro que a lo mejor me equivoco y ese tipo tenía algún motivo para estar allí. No sé, a lo mejor no es algo relevante para la investigación.

—O puede que sí y puedas ayudar a identificar al asesino. R. J. se pondría loco de contento porque así su madre quedaría fuera de toda sospecha, y volverá corriendo a tu lado y te pedirá que te cases con él.

Brooke suspiró.

—Eso lo dudo.

Capítulo Diez

–¿Dónde está Brooke? –inquirió Matt asomándose por la puerta abierta del despacho de R. J.

Su hermano se pasó una mano por el pelo. Tenía un dolor de cabeza bastante molesto.

–Le he dado unos días libres –se limitó a decir, con la esperanza de que Matt dejara el tema.

–¿Está enferma? –su hermano parecía preocupado.

–No. Es solo que pensé que sería mejor que estuviera alejada por un tiempo. Las cosas se están poniendo demasiado complicadas.

Matt ladeó la cabeza.

–No dirás que no te lo advertí.

R. J. se levantó de su sillón y fue hasta el ventanal. Notaba la ausencia de Brooke como si le faltara un brazo o una pierna.

–Yo no esperaba que pasara nada de esto –le dijo a su hermano sin volverse–. ¡Menudo cliché!, ¿no? Tener un romance con mi secretaria… Es evidente que perdí la cabeza.

«Y luego también mi corazón». Maldijo aquel pensamiento que cruzó por su mente. Otro cliché. Su madre le había leído demasiada poesía de niño.

Matt entró y cerró la puerta.

–¿Te ha amenazado con ponerte una demanda?

R. J. se volvió.

–¡Por Dios, no!

–Sigues enfadado porque no te dijo lo que le había contado a la policía.

–Estaba enfadado. Ahora ya no sé qué pensar. Y hay otra cosa.

Matt enarcó una ceja.

–¿Quieres contármelo?

–La última vez que lo hicimos olvidé usar preservativo.

Su hermano puso unos ojos como platos.

–¿Crees que está embarazada?

–Aún no lo sabemos, pero podría estarlo. ¿Te haces una idea ahora de cómo se están complicando las cosas?

R. J. sintió una punzada de preocupación. ¿Cómo estaría Brooke?

–¡Vaya lío! –murmuró Matt–. Pero no me parece que esté bien que la hayas desterrado así, con cajas destempladas. Seguro que está preocupada. Además, su intención no era causarle problemas a mamá.

–Aun así creo que necesitamos darnos un tiempo. La cosa se estaba poniendo demasiado seria.

Al menos así era como intentaba explicarse él esa extraña mezcla de emociones enfrentadas que lo tenía así de agitado.

–La echas de menos, ¿no?

R. J. suspiró.

–No sé cómo me siento. Están pasando demasiadas cosas al mismo tiempo.

–Conozco esa sensación –dijo Matt con una sonrisa–. A Susannah y a mí nos ocurrió igual: fue como un torbellino. Creo que deberías dejarte llevar por lo que te diga el instinto.

–Ya no estoy seguro de que lo tenga. Además, hay un montón de trabajo por hacer. ¿Y para qué? Para que Jack Sinclair se haga aún más rico de lo que es –dijo con una sonrisa sarcástica.

Matt se cruzó de brazos.

–No cambies de tema.

–¿Por qué no? Se supone que Jack debería estar aquí, arrimando el hombro, ya que un cuarenta y cinco por ciento de la compañía es suyo. ¿Y por qué Nikki es tan reacia a investigarlo?

Matt se encogió de hombros.

–No sospecha como tú de que fuera él quien cometiera el crimen.

–¿Como yo? ¿Es que tú no lo piensas también?

–Apenas lo conocemos. Es demasiado pronto para sacar conclusiones sobre él. Las cosas no son siempre lo que parecen. Además, me he enterado por Ramos de que la policía tiene un nuevo testimonio de un testigo sobre un hombre que estuvo aquí el día del asesinato.

R. J. parpadeó.

–Eso es estupendo. ¿Te ha contado algo más?

–Parece ser que era un hombre con sombrero y gabardina, con acento de Boston. No se me ocurre ninguno de nuestros clientes que se ajuste a esa descripción, ¿y a ti?

R. J. sacudió la cabeza.

–No, pero es una buena noticia. Voy a llamar a Ramos a ver si puede decirme algo más. Espero que le retiren todos los cargos a mamá y podamos pasar página y dejar atrás este desagradable episodio.

–Es Brooke quien le ha dicho eso a la policía. Según parece los llamó ayer después de acordarse de repente de ese tipo.

R. J. se quedó paralizado. ¿Se habría inventado Brooke a aquel sospechoso? Por un momento se maldijo por ese pensamiento tan desleal, pero es que ya no se fiaba de ella.

–¿A qué viene esa cara? –inquirió Matt.

–No sé, es que me parece demasiado oportuno que de repente se haya acordado de un tipo misterioso justo después de que me enfadara con ella por haber incriminado a mamá.

Matt dio un paso hacia él y le dio unas palmadas en el hombro.

–Hermano… te veo muy tenso. No tengo a Brooke por una mentirosa. Precisamente por eso le dijo a la policía que había visto a mamá esa noche, porque era la verdad.

A R. J. se le hizo un nudo en la garganta. Sabía que Matt tenía razón.

–Es cierto, nunca me ha mentido; simplemente no me dijo toda la verdad –se frotó la frente con los dedos–. Porque tenía miedo de que si me decía toda la verdad me pondría furioso con ella. Supongo que es culpa mía que no me lo dijera –exhaló un pesado suspiro–. Le debo una disculpa. Voy a ir a su casa.

Matt sonrió.

–Me alegra oír eso. Espero que te perdone.

R. J. tomó su chaqueta del respaldo de la silla y se la puso.

–Yo también.

Brooke no sabía qué hacer. Era mediodía y a esa hora ya habría revisado un montón de correo, mecanografiado varios informes, y posiblemente habría asistido a una reunión o dos. Esa mañana lo único que había hecho había sido tomarse una taza de café –descafeinado por si estaba embarazada–, había hecho unas cuantas posturas de yoga sin ninguna gana, y había limpiado el polvo de las estanterías. Debería empezar a buscar otro empleo, pero no se sentía con ánimo.

Dejó escapar un largo suspiro y fue a tirar los posos del café por el desagüe de fregadero de la cocina. Se sentía como si alguien le hubiese atravesado el corazón con un cuchillo. Toda la felicidad que había sentido hacía un par de días de repente se había hecho añicos.

¡Qué rápido había pasado R. J. de la adoración al desprecio! Probablemente nunca había sentido nada por ella, se dijo, y sintió una punzada de decepción. Ella seguía enamorada de él. Debería estar enfadada por cómo la había despachado, pero no podía culparlo. Estaba bajo mucha presión, y su familia era lo primero. Y ambas cosas las había sabido antes de que empezara algo entre ellos.

La culpa de todo era suya por no haber tenido el valor de decirle lo que le había contado a la policía. Y ahora probablemente sabría también que había sido ella quien había dejado entrar al asesino en el edificio, cosa que no ayudaría mucho a que la perdonase.

¡Qué desastre!, pensó. En fin, debería vestirse. No iba a ganar nada pasándose el día dando vueltas en pijama por el apartamento como un alma en pena. Si al final resultaba que estaba embarazada tenía que ser fuerte por el bebé.

Justo cuando estaba empezando a desvestirse para darse una ducha sonó el timbre de la puerta. Frunció el ceño.

No esperaba a nadie.

Volvió a ponerse la camiseta del pijama. Tal vez fuera la policía. Le habían dicho que quizá tuvieran que ponerse en contacto con ella para aclarar alguna cuestión.

Se puso la bata y mientras se dirigía a la entrada no pudo evitar albergar la vana esperanza de que fuera R. J.

Aquel pensamiento no disminuyó ni un ápice la sorpresa que se llevó al abrir y encontrarlo allí, frente a su puerta.

—¿Puedo pasar?

El corazón empezó a latirle deprisa y con fuerza.

—Claro.

Se hizo a un lado y R. J. entró en el apartamento. Brooke cerró la puerta y se volvió hacia él. ¿Qué estaba haciendo allí?

Los ojos azules de R. J. buscaron los suyos.

–Te he echado de menos.

–Yo también –las palabras se le escaparon de los labios a Brooke antes de que pudiera contenerlas–. Muchísimo –se mordió el labio para evitar más confesiones como esas.

Los ojos de R. J. se ensombrecieron.

–He venido a disculparme –dijo. Brooke contuvo el aliento–. Desterrarte de la oficina estuvo completamente fuera de lugar. He estado bajo mucha presión estas semanas, con mi madre en la cárcel y todo eso. Pero ahora me doy cuenta de que reaccioné de un modo desproporcionado cuando supe que habías sido tú quien le dijo a la policía que estuvo en el edificio esa noche.

–Debería habértelo dicho. Intenté una y otra vez reunir el valor para hacerlo, pero tenía tanto miedo de que te enfadaras conmigo… al final solo conseguí empeorar las cosas.

La expresión de R. J. se suavizó.

–Mi reacción demostró que tenías razón. Perdí los estribos –vaciló un instante. La tensión podía mascarse en el aire, y Brooke estaba tan nerviosa que se sentía como si fuera a desmayarse–. Lo siento.

El alma se le cayó a los pies. ¿Qué había esperado que le dijera? Lo sentía.

Sentía haberla mandado a casa. Haberlo hecho con ella sin preservativo. Seguramente incluso sentía haber iniciado aquel romance con ella y hasta haberla contratado.

Estaba temblando por dentro.

–Brooke…

R. J. dio un paso adelante y de nuevo volvió a sentir que su corazón se llenaba de esperanza. ¿Por qué insistía en hacerse daño? R. J. la tomó de ambas manos.

–Todos estos años hemos trabajado juntos, pero hasta ahora no me había dado cuenta de que la mujer con la que trabajaba cada día codo con codo era la mujer perfecta para mí.

Brooke parpadeó. ¿La mujer perfecta para él? De repente no podía articular palabra. Debería decir algo, pero su aturdido y confundido cerebro se negaba a responder.

–Te quiero, Brooke –le dijo R. J. mirándola a los ojos–. Me he sentido vacío cada minuto que he pasado sin ti. En lo único en lo que podía pensar era en venir a verte, en abrazarte, en pedirte perdón por haber sido tan cruel. Cuando pensé que podía haberte dejado embarazada sentí pánico porque eso no haría sino complicar aún más las cosas.

R. J. se quedó callado, como vacilante, y frunció el ceño antes de apartar la vista. A Brooke le dio un vuelco el estómago y empezaron a asaltarle las dudas de nuevo.

Quizá simplemente había ido allí para intentar hacer «lo correcto» en caso de que estuviera embarazada. Se le pusieron las manos frías.

–Brooke, quiero casarme contigo –dijo él volviendo a mirarla a los ojos–. Quiero tener hijos contigo. Quiero pasar el resto de mi vida contigo.

Brooke se quedó aún más aturdida al oír esas palabras. ¿Las había imaginado? Aquello no podía estar pasando, allí, en su salón, en una mañana de un día cualquiera. ¿O sí?

–Brooke... ¿estás bien?

–No... no lo sé –escrutó el rostro de R. J. Sus facciones estaban tensas por la emoción contenida–. ¿Qué es lo que has dicho?

Sus oídos debían estar engañándola. Una amplia sonrisa le iluminó el rostro a R. J.

–He dicho que quiero casarme contigo –le dijo con ojos brillantes–. Quiero que tú, Brooke Nichols, y yo, R. J. Kincaid, nos casemos.

Ella inspiró temblorosa. ¿Quería casarse con ella? El corazón parecía que quisiera salírsele del pecho, pero un pensamiento cruzó por su mente, poniendo freno a su entusiasmo. Mejor aclarar las cosas.

–¿Es porque puede que esté embarazada?

–En absoluto. Quiero pasar contigo el resto de mi vida: en la pobreza y en la riqueza, en la salud y en la enfermedad. Todas esas cosas. ¿Qué me dices?

–Que suena... bien –musitó ella, aún incrédula, sintiendo que una ola de felicidad la inundaba.

Una imagen de sí misma saliendo por el pasillo central de una iglesia del brazo de R. J. se le dibujó en la mente.

–Suena maravillosamente bien.

Sin embargo, de pronto otro pensamiento la asaltó. Probablemente R. J. todavía no sabía que había sido ella quien había dejado entrar al asesino en el edificio aquel día, que era, en cierto modo, responsable de la muerte de su padre. Su felicidad se desinfló como un globo.

–¿Qué ocurre? Te has puesto pálida de repente –inquirió él poniéndose serio.

–No lo sabes, ¿verdad?

–¿El qué?

Brooke tragó saliva.

–Yo… yo dejé entrar al asesino aquel día en el edificio.

R. J. dejó caer sus manos como si quemaran.

–¿De qué estás hablando?

Brooke sintió una punzada en el pecho al ver cómo se ensombrecían sus facciones. Inspiró temblorosa.

–Ayer recordé que un hombre al que no había visto antes entró conmigo ese día. No me pareció extraño ni pensé nada. Es probable que se escondiera en alguna parte del edificio para luego… –tragó saliva de nuevo– para luego disparar a tu padre.

Bajó la vista. No quería ver el espanto en sus ojos.

–Matt me dijo que habías recordado haber visto a alguien sospechoso y que habías llamado a la policía –murmuró R. J.–. No me dijo que le hubieras abierto la puerta.

–En realidad fue él quien me la abrió a mí. Estaba lloviendo y yo corría hacia la puerta. Él apareció detrás de mí, la empujó para que pasara y entró también –los ojos de Brooke se llenaron de lágrimas–. Lo siento… Lo siento muchísimo –alzó la mirada y vio el dolor en los ojos de él.

Sin embargo, en vez de apartarse de ella, dio un paso hacia delante y la estrechó entre sus brazos.

–Sé que nunca harías nada para hacerle daño a mi familia o a la compañía –le dijo.

La calidez de su cuerpo y el olor de su colonia le calmaron los nervios a Brooke.

–Todos los sabemos –se echó hacia atrás para mirarla a los ojos–. Nadie te culpa por la muerte de mi padre. Además, gracias a ti ahora la policía por fin tiene un sospechoso –volvió a abrazarla con fuerza y murmuró contra su cuello–: No te imaginas cuánto te he echado de menos –dijo son pasión.

–Yo también a ti –respondió ella en un hilo de voz. No podía creerse todo lo que estaba pasando. ¡R. J. le había dicho que la quería y que quería casarse con ella!–. Te quiero, R. J. He estado enamorada de ti durante años y… –la voz se le quebró de la emoción, pero no importó porque R. J. tomó sus labios con un beso embriagador.

Cuando despegaron sus labios R. J. la miró a los ojos de nuevo.

–Dios, Brooke, no podría soportar vivir sin ti. ¿Puedes perdonarme por haber sido tan estúpido?

–No hay nada que perdonar. Estabas bajo mucha presión; aún lo estás.

–Sí, pero eso no excusa mi comportamiento. Haré todo lo que esté en mi mano para compensarte –murmuró antes de besarla con dulzura.

–No necesito nada; solo a ti –dijo ella acariciándole el cabello.

–Y yo a ti. ¿Te casarás conmigo, Brooke?

–Sí –dijo ella con emoción pero con firmeza–, sí, R. J., me casaré contigo.

Se abrazaron con fuerza el uno al otro, como temerosos de que algún otro giro del destino volviera a separarlos.

Se quedaron así un buen rato, y finalmente fue R. J. quien volvió a hablar.

–Y si estás embarazada, no pasa nada. De hecho, sería el hombre más feliz de la Tierra si lo estuvieras. En eso tampoco reaccioné como debía haberlo hecho. Me encantaría tener un hijo contigo, Brooke.

Brooke sentía que el corazón iba a estallarle de dicha.

–Yo también –y luego añadió con una sonrisa–: Aunque hay una alta probabilidad de que no lo esté, así que no te hagas muchas ilusiones. No estaba en el momento adecuado del ciclo para quedarme embarazada.

–Entonces tendremos que intentarlo de nuevo –dijo él con ojos brillantes–, porque nos veo a los dos con una gran familia.

Brooke tragó saliva. Siempre había soñado con una casa llena de niños, todo lo contrario a su solitaria infancia.

–Me encantaría que formáramos una gran familia, como la tuya.

–Pues entonces necesitaremos una casa grande. Quizá una de esas casas con historia del centro. ¿O preferirías en las afueras?

–Me encanta el centro. Es agradable pasear por

allí, con todas las tiendas que hay. Y los restaurantes. Y también están allí nuestras oficinas –Brooke se quedó callada de repente.

¿Seguirían trabajando juntos cuando estuvieran casados, o sería demasiado extraño?

R. J. enarcó una ceja.

–¿Estás pensando lo que yo estoy pensando?

–Bueno, no tengo telepatía, pero estaba preguntándome si aún sigo desterrada de la oficina.

–Pues claro que no. Pero creo que deberías tener tu propio despacho. Me parece que ha llegado el momento de que tengas un puesto de más responsabilidad, que suponga un reto para ti.

Brooke parpadeó, sorprendida de que recordara aquella conversación que habían tenido en las montañas sobre sus objetivos y sus sueños.

No habían vuelto a hablar de ello, y pensaba que lo habría olvidado.

–Me encantaría. Me siento muy feliz trabajando contigo, pero sí que me gustaría probar y desarrollar nuevas capacidades con las que pueda ayudar a la compañía.

R. J. se rio.

–¡Eh, que esto no es una entrevista de trabajo! Ya te lo dije: estoy convencido de que tienes capacidad para mucho más. Y si la cosa se va a pique con Jack Sinclair al timón, quizá podríamos fundar nuestra propia compañía.

Brooke sonrió.

–Podría ser divertido.

–Creo que cualquier cosa que hagamos juntos

será divertida siempre, y te aseguro que he aprendido mucho de mí mismo en estos últimos días –R. J. inspiró profundamente–. A partir de ahora nuestra relación será lo primero, y todo lo demás queda relegado a un segundo puesto. O incluso a un tercero –sonrió–. O a un cuarto.

Un pensamiento repentino le nubló la dicha a Brooke.

–¿Y qué pensará tu madre de que nos casemos?

–Estará feliz por nosotros –la tranquilizó él acariciándole la mejilla–. No entendía por qué no quiso quería decirme quién le había dicho a la policía que la había visto esa noche en el edificio. Luego comprendí que no quería que supiera que fuiste tú. Te tiene mucho aprecio. Preguntó por ti varias veces anoche, durante la cena.

–¿No le importa que sea una plebeya? –aquello era algo que la había preocupado desde el principio.

–Por supuesto que no. Mi madre juzga a la gente por sus méritos, no por las normas rancias de la clase social en la que nació. Por eso se casó con mi padre, a pesar de que un montón de esnobs pensaran que estaba por debajo de ella.

–Creo que nunca entenderé a esa gente.

–No malgastes tu tiempo intentando entenderlos; su forma de ver la vida no tiene ningún sentido –R. J. la besó en la nariz, haciéndola sonreír–. A partir de ahora viviremos la vida según nuestras propias normas.

Sus labios volvieron a unirse, y aquel nuevo beso

disipó las dudas de Brooke. Todo por lo que habían pasado no había logrado separarlos; los había unido.

–Regla número uno –murmuró ella cuando despegaron sus labios–: nada de mandarme a casa con el doble de sueldo cuando te ponga de los nervios.

R. J. contrajo el rostro.

–Fui un estúpido por hacer eso. Si no puedes perdonármelo lo entenderé.

–Bueno, te lo pasaré por esta vez –lo picó ella con humor, antes de besarlo también en la punta de la nariz–. Pero solo porque eres increíblemente guapo.

–Eso es todo un cumplido viniendo de la mujer más hermosa de Charleston.

–Adulador.

–Es la verdad. Y también eres la que mejor figura tiene –dijo apretándole las nalgas–. Y como parece que con mis palabras he sido capaz de vencer el temporal y evitar un naufragio, espero que volvamos a compartir la cama esta noche.

La miró muy serio de repente.

–Has dicho que te casarías conmigo, ¿verdad?

Brooke se mordió el labio y fingió estar confundida.

–¿Eso he dicho?

–Pues creo que sí, pero me temo que solo haya sido mi imaginación porque era justo lo que quería oír.

Brooke lo miró de un modo sugerente.

–No sé, últimamente es todo muy confuso. Quizá deberíamos dejar de hablar e irnos a la cama ahora mismo.

R. J. sonrió de oreja a oreja.

–Esa es la mejor idea que he oído en mucho tiempo.

En el Deseo titulado
Al borde del amor,
de Heidi Betts,
podrás continuar la serie
LOS KINCAID

Mindy Klasky

Engaños y mentiras

*Se había quedado embarazada tras una noche
maravillosa… pero solo se casaría por amor*

Ethan Hartwell había recibido un ultimátum de su
abuela: debía casarse inmediatamente. Por eso
buscó a la única mujer a la que no había conseguido olvidar, y entonces se llevó una enorme sorpresa. Sloane Davenport estaba esperando un hijo suyo. Lo único que Ethan debía hacer era decidir si le
confesaba a Sloane su más oscuro secreto...

N° 1972

Jessica Steele
La esposa más adecuada

La compañera de piso de Taye Trafford se había marchado, dejándola en una incómoda situación. Necesitaba urgentemente alguien con quien vivir... y que la ayudara a pagar las facturas, por eso no tuvo otra alternativa que aceptar a Magnus Ashthorpe en cuanto apareció en la puerta de su casa.

Magnus no se había mudado a casa de Taye porque necesitara un lugar donde vivir, sino porque creía que ella era la amante del marido de su hermana, que tanto dolor le había ocasionado a esta. Sin embargo, no tardó en darse cuenta de que Taye era una mujer amable, inocente y aparentemente incapaz de tener una aventura como la que le había roto el corazón a su hermana.

Había creído que era la amante de un hombre casado... pero ahora sabía que en realidad era la esposa perfecta

¡YA EN TU PUNTO DE VENTA!

SILUETAS DE PASIÓN

Yo amaba a mi marido, pero no era la única

MEGAN HART
Tentada

Tenía todo lo que una mujer podía desear. Mi marido, James. La casa junto al lago. Mi vida. Nuestra perfecta vida. Hasta que Alex vino a visitarnos.

La primera vez que vi al mejor amigo de mi marido, no me gustó. No me gustaba cómo se comportaba James cuando estaba con él, no me gustaba que me siguiera a todas partes con sus penetrantes ojos grises. Pero eso tampoco me impedía desearlo. Y lo más sorprendente era que a James no parecía importarle.

Se suponía que tenía que ser divertido. Un romance compartido por los tres para las cálidas semanas de verano que Alex

pasaría con nosotros. Se suponía que nadie tenía que enamorarse o desenamorarse. Yo no necesitaba otro hombre, aunque aquel en concreto destilara sexo por los cuatro costados y conociera todos los secretos que yo desconocía, unos secretos que mi marido no había compartido conmigo. Al fin y al cabo, teníamos una vida perfecta.

Consigue más información

Bianca™

¿Conseguiría la bella domar a la bestia?

A Diego Acosta se le había terminado jugar al polo, así que ahora vivía recluido en una preciosa isla donde pasaba sus noches a solas con sus pesadillas en lugar de con las bonitas mujeres que antaño lo asediaban.

¡Cuando apareció Maxie Parrish en su vida, irradiando exuberancia y amor por la vida, no pudo apartar su mirada de ella! Entonces, con la misma determinación que le hizo llegar a lo más alto en los circuitos internacionales de polo, tomó la decisión de seducirla y conquistarla.

Pero esa vez tenía muy claro que no quería cicatrices...

Soledad amarga

Susan Stephens

N° 78